梁晓声

梁晓声 著

过小百姓的生活

浙江文艺出版社
Zhejiang Literature & Art Publishing House

图书在版编目（CIP）数据

梁晓声：过小百姓的生活 / 梁晓声著 . —杭州：
浙江文艺出版社，2024.5
ISBN 978-7-5339-7506-7

Ⅰ.①梁… Ⅱ.①梁… Ⅲ.①散文集—中国—
当代 Ⅳ.①I267

中国国家版本馆CIP数据核字（2024）第047798号

统　　筹	王晓乐	封面设计	广　岛
责任编辑	张恩惠	封面插画	Stano
责任校对	唐　娇	营销编辑	张恩惠
责任印制	张丽敏	数字编辑	姜梦冉　诸婧琦

梁晓声：过小百姓的生活

梁晓声 著

出版发行	浙江文艺出版社
地　　址	杭州市体育场路347号
邮　　编	310006
电　　话	0571-85176953（总编办）
	0571-85152727（市场部）
制　　版	杭州天一图文制作有限公司
印　　刷	杭州丰源印刷有限公司
开　　本	880毫米×1230毫米　1/32
字　　数	132千字
印　　张	7.875
插　　页	1
版　　次	2024年5月第1版
印　　次	2024年5月第1次印刷
书　　号	ISBN 978-7-5339-7506-7
定　　价	39.80元

出版说明

自五四新文化运动以来，中国文学面目一新。在中西方文化的碰撞与融合中，小说、诗歌、戏剧等文学形式完成蜕变与新生，而散文以其自由自在的天性，踵事增华，其成果蔚为大观。

郁达夫认为，较之古代的"文"，现代中国散文有三点特异之处，即"'个人'的发见""内容范围的扩大""人性，社会性，与大自然的调和"（《中国新文学大系·散文二集·导言》）。散文家们兼收并蓄，将万事万物融于一心，"以我手写我口"，取径不同，或叙事、抒情、议论，或写人、描景、状物；风格各异，或蕴藉、洗练、飞扬，或磅礴、绮丽、缜密。就应用而言，以学识、阅历、心境为核心的小品文，以小见大，言近旨远，张扬个人性情；以观察、讽刺、同情为底色的杂文，见微知著，刚柔相济，召唤战斗精神……种种流派，非止一端。

为了给当代读者提供一套选目得当、编校精良的散文选本，我们推出"名家散文"系列，从灿若星辰的中国现代散文家中遴选出一批作者，精选其散文创作中的经典作品，结集成册，以飨读者，或可视作对百年现代中国散文的一次阶段性回顾与总结。我们相信，尽管这些作品产生的背景千差万别，但其呈现的智识与感性、追求与希冀，是跨越时空而能与读者共鸣的。我们也相信，经典之所以为经典，因其经得起时间的汰洗，这里的文章，初读，是迎面撞上万千世界，吉光片羽，亦足珍惜；再读，则是与无数智者的重逢，向内发现自己，向外发现众生。

文学的历史同时也是一部语言文字的历史，而汉语的标准化也随着时间的推移不断地演变、更新。五四白话文运动以来，文学语言流动而多变，呈现出丰富和复杂的样貌。文字、词汇、语法的繁芜丛杂背后，是思想文化的多元与活跃，也是作家不同审美取向和个人风格的展现。因此，我们在编辑过程中尽量尊重文章原刊或初版时的面貌，使读者能够感受到语言的时代特色，比如"的""地""底"共存的现象。同时，考虑到读者尤其是学生的阅读需求，我们按当下的规范做了有限度的修订。

编辑出版工作中难免存在不足之处，热忱欢迎广大读者批评指正。

浙江文艺出版社

目　录

第一支
钢笔

那支笔，也可以说早已完成它的历史使命了。但我，却要永远保存它，永远珍视它，永远不抛弃它。

慈母和我的书

我忘不了我的小说第一次被印成铅字那份儿喜悦。我日夜祈祷的就是这回事儿。真是的，我想我该喜悦，却没怎么喜悦。避开人我躲在个地方哭了，那一时刻我最想我的母亲……

我的家搬到光仁街，已经是一九六三年了。那地方，一条条小胡同仿佛烟鬼的黑牙缝，一片片低矮的破房子仿佛是一片片疥疮。饥饿对于普通人的严重威胁毕竟开始缓解。我是小学五年级的学生了。我已经有三十多本小人书。

"妈，剩的钱给你。"

"多少？"

"五毛二。"

"你留着吧。"

买粮、煤、劈柴回来，我总能得到几毛钱。母亲给我，因为知道我不会乱花，只会买小人书。每个月都要买粮买煤买劈柴，加上母亲平日给我的一些钢镚儿，渐渐积攒起来就很可观。积攒到一元多，就去买小人书。当年小人书便宜。厚的三毛几一本，薄的才一毛几一本。母亲从不反对我买小人书。

我还经常去出租小人书，在电影院门口、公园里、火车站。有一次火车站派出所一位年轻的警察，没收了我全部的小人书，说我影响了站内秩序。

我一回到家就号啕大哭。我用头撞墙。我的小人书是我巨大的财富，我觉得我破产了，从绰绰富翁变成了一贫如洗的穷光蛋。我绝望得不想活，想死。我那可怜的样子，使母亲为之动容。于是她带我去讨还我的小人书。

"不给！出去出去！"

车站派出所年轻的警察，大檐帽微微歪戴着，上唇留两撇小胡子，一副葛列高里那种桀骜不驯的样子。母亲代我向他承认错误，代我向他保证以后绝不再到火车站出租小人书。话说了许多，他烦了，粗鲁地将母亲和我从派出所推出来。

母亲对他说："不给，我就坐台阶上不走。"

他说："谁管你！"砰地将门关上了。

"妈，咱们走吧，我不要了……"

我仰起脸望着母亲，心里一阵难过。亲眼见母亲因自己而被人呵斥，还有什么事比这更令一个儿子内疚？

"不走，妈一定给你要回来！"

母亲说着，就在台阶上坐了下来。并且扯我坐在她身旁，一条手臂搂着我。另外几位警察出出进进，连看也不看我们。

"葛列高里"也出来了一次。

"还坐这儿？"

母亲不说话，不瞧他。

"嘿，静坐示威……"

他冷笑着又进去了……

天渐黑了。派出所门外的红灯亮了，像一只充血的独眼，自上而下虎视眈眈地瞪着我们。我和母亲相依相偎的身影被台阶斜折为三折，怪诞地延长到水泥方砖广场上，淹在一汪红晕里。我和母亲坐在那儿已经近四个小时。母亲始终用一条手臂搂着我。我觉得母亲似乎一动也没动过，仿佛被一种持久的意念定在那儿了。

我想我不能再对母亲说——"妈，我们回家吧！"

那意味着我失去的是三十几本小人书，而母亲失去的是被极端轻蔑了的尊严。一个十分自尊的女人的尊严。

我不能够那样说……

几位警察走出来了，依然并不注意我们，纷纷骑上自行车回家去了。

终于"葛列高里"又走出来了。

"嗨，我说你们想睡在这儿呀？"

母亲不看他，不回答，望着远处的什么。

"给你们吧！……"

"葛列高里"将我的小人书连同书包扔在我怀里。

母亲低声对我说："数数。"语调很平静。

我数了一遍，告诉母亲："缺三本《水浒》。"

母亲这才抬起头来，仰望着"葛列高里"，清清楚楚地说："缺三本《水浒》。"

他笑了，从衣兜里掏出三本小人书扔给我，咕哝道："哟哈，还跟我来这一套……"

母亲终于拉着我起身，昂然走下台阶。

"站住！"

"葛列高里"跑下了台阶，向我们走来。他走到母亲跟前，用一根手指将大檐帽往上捅了一下，接着抹他的一撇小胡子。

我不由得将我的"精神食粮"紧抱在怀中。

母亲则将我扯近她身旁，像刚才坐在台阶上一样，又用一条手臂搂着我。

"葛列高里"以将军命令士兵那种不容违抗的语气说："等在这儿，没有我的允许不准离开！"

我惴惴地仰起脸望着母亲。

"葛列高里"转身就走。

他却是去拦截了一辆小汽车，对司机大声说："把那个女人和孩子送回家去。要一直送到家门口！"

……

我买的第一本长篇小说是《青年近卫军》，一元多钱。母亲还从来没有一次给过我这么多钱。

我还从来没有向母亲一次要过这么多钱。

我的同代人，当你们也像我一样，还是一个小学五年级学生的时候，如果你们也像我一样，生活在一个穷困的普通劳动者家庭里的话，你们为我作证，有谁曾在决定开口向母亲要一元多钱的时候，心里不缺少勇气？

当年的我们，视父母一天的工资是多么非同小可呵！

但我想有一本《青年近卫军》，想得整天失魂落魄，无精打采。

我从同学家的收音机里听到过几次《青年近卫军》长篇小说的连续广播。那时我家的破收音机已经卖了，被我和弟弟妹妹们吃进肚子里了。

直接吃进肚子里的东西当然不能取代"精神食粮"。

我那时还不知道什么叫"维他命",更没从谁口中听说过"卡路里",但头脑却喜欢吞"革命英雄主义",一如今天的女孩子们喜欢嚼泡泡糖。

在自己对自己的怂恿之下,我到母亲的工厂向母亲要钱。母亲那一年被铁路工厂辞退了,为了每月二十七元的收入,又在一个街道小厂上班。一个加工棉胶鞋帮的中世纪奴隶作坊式的街道小厂。

一排破窗,至少有三分之一埋在地下了,门也是,所以只能朝里开。窗玻璃脏得失去了透明度,乌玻璃一样。我不是迈进门而是跌进门去的。我没想到门里的地面比门外的地面低半米。一张踏脚的小条凳权作门里台阶。我踏翻了它,跌进门的情形如同掉进一个深坑。

那是我第一次到母亲为我们挣钱的那个地方。

空间非常低矮,低矮得使人感到压抑。不足二百平方米的厂房,四壁潮湿颓败。七八十台破缝纫机一行行排列着,七八十个都不算年轻的女人忙碌在自己的缝纫机后。因为光线阴暗,每个女人头上方都吊着一只灯泡。正是酷暑炎夏,窗不能开,七八十个女人的身体和七八十只灯泡所散发的热量,使我感到犹如身在蒸笼。那些女人热得只穿背心。有的背心肥大，有的背心瘦小，有的穿的还是男人的背心，暴露出相当一部分丰厚或者干瘪的胸脯，千奇百怪。毡絮如同褐色的重雾，如同漫漫的雪花，在女人们在母亲们之间纷纷扬扬地飘荡。这使她们不得不一个个戴着口罩。口罩上都有三个实心的褐色的圆，那是因为她们的鼻孔和嘴的呼吸将口罩濡湿了，毡絮附着在上面。她们的头发、臂膀和背心也差不多都变成了褐色的。毛茸茸的褐色。我觉得自己恍如置身在山顶洞人时期的女人们之间。

我呆呆地将那些女人扫视一遍，却发现不了我的母亲。

七八十台破缝纫机发出的噪声震耳欲聋。

"你找谁?"

一个用竹篾子拍打毡絮的老头对我大声嚷，却没停止拍打。

那毛茸茸的褐色的老头像一只老雄猿。

"找我妈!"

"你妈是谁?"

我大声说出了母亲的名字。

"那儿!"

老头朝最里边的一个角落一指。

我穿过一排排缝纫机，走到那个角落，看见一个极其瘦弱的毛茸茸的褐色的脊背弯曲着，头凑近在缝纫机板上。

周围几只灯泡的热力烤我的脸。

"妈……"

"……"

"妈……"

背直起来了，我的母亲。转过身来了，我的母亲。肮脏的毛茸茸的褐色的口罩上方，我熟悉的一双疲惫的眼睛吃惊地望着我，我的母亲的眼睛……

母亲大声问："你来干什么？"

"我……"

"有事快说，别耽误妈干活！"

"我……要钱……"

我本已不想说出"要钱"两字，可是竟说出来了！

"要钱干什么？"

"买书……"

"多少钱？"

"一元五角就行……"

"……"

母亲掏衣兜。掏出一卷毛票，用指尖龟裂的手指点着。

旁边一个女人停止踏缝纫机，向母亲探过身，喊："大姐，别给！没你这么当妈的！供他们吃，供他们穿，供他们上学，还供他们看闲书哇！……"又对我喊："你看你妈这是在怎么挣钱？你忍心朝你妈要钱买书哇？"

母亲却已将钱塞在我手心里了，大声回答那个女人："谁叫我们是当妈的啊！我挺高兴他爱看书的！"

母亲说完，立刻又坐了下去，立刻又弯曲了背，立刻又将头俯在缝纫机板上了，立刻又陷入手脚并用的机械忙碌状态……

那一天我第一次发现，我的母亲原来是那么瘦小，竟快是一个老女人了！我努力想回忆起一个年轻的母亲的形象，然而竟回忆不起母亲她何时年轻过。

那一天我第一次觉得我长大了，应该是一个大人了。我为自己十五岁了才意识到自己应该是一个大人了而感到羞愧难当，无地自容。

我鼻子一酸，攥着钱跑了出去……

那天我用那一元五角钱给母亲买了一听水果罐头。

"你这孩子，谁叫你给我买水果罐头的？！不是你说买书，妈才舍得给你钱的吗？！……"

那一天母亲数落了我一顿。数落完了我，又给我凑足了够买《青年近卫军》的钱……

我想我没有权利用那钱再买任何别的东西，无论为我自己还是为母亲。

从此我拥有了第一本长篇小说……

我和橘皮的往事

多少年过去了，那张清瘦而严厉的、戴六百度黑边近视眼镜的女人的脸，仍时时浮现在我眼前。她就是我小学四年级的班主任老师。想起她，也就使我想起一些关于橘皮的往事……

其实，校办工厂并非是今天的新事物。当年我的小学母校就有校办工厂，不过规模很小罢了。专从民间收集橘皮，烘干了，碾成粉，送到药厂去。所得加工费，用以补充学校的教学经费。

有一天，轮到我和我们班的几名同学，去那小厂房里义务劳动。一名同学问指派我们干活的师傅，橘皮究竟可以治哪几种病。师傅就告诉我们，可以治什么病，说尤其对平喘和减缓支气管炎有良效。

我听了暗暗记在心里。我的母亲，每年冬季都为支气管炎所苦，经常喘作一团，憋红了脸，透不过气来。可是家里穷，母亲舍不得花钱买药，就那么一冬季又一冬季地忍受着，一冬季比一冬季气喘得厉害。每每看着母亲喘作一团，憋红了脸透不过气来的痛苦样子，我和弟弟妹妹心里难受得想哭。我暗想，一麻袋又一麻袋，这么多这么多橘皮，我何不替母亲带回家一点儿呢？……

当天，我往兜里偷偷揣了几片干橘皮。

以后，每次义务劳动，我都往兜里偷偷揣几片干橘皮。

母亲喝了一阵子干橘皮泡的水，剧烈喘息的时候，分明地减少了，起码我觉得是那样。我心里的高兴，真是没法儿形容。母亲自然问过我——从哪儿弄的干橘皮？我撒谎，骗母亲，说是校办工厂的师傅送的。母亲就抚摸我的头，用微笑表达她从儿子的孝心里所感受到的那一份儿欣慰。那是穷孩子们的母亲由衷的也是最大的欣慰啊！……

不承想，由于一名同学的告发，我成了一个小偷，一个贼。先是在全班同学眼里成了一个小偷，一个贼，后来是在全校同学眼里成了一个小偷，一个贼。

那是特殊的年代。哪怕小到一块橡皮、半截铅笔，只要一旦和"偷"字连起来，就足以构成一个孩子从此无法洗刷掉的耻辱，也足以使一个孩子从此永无自尊可言。每每地，在大人们互相攻讦之时，你会听到这样的话——"你自小就是贼！"——那贼的罪名，却往往仅由于一块橡皮、半截铅笔。那贼的罪名，甚至足以使一个人背负终生。即使往后别人忘了，不再提起了，在他或她的内心里，也已铭刻下了。这一种刻痕，往往能扭曲一个人的一生，改变一个人的一生，甚至毁灭一个人的一生……

在学校的操场上，我被迫当众承认自己偷了几次橘皮，当众承认自己是贼。当众，便是当着全校同学的面啊！

于是我在班级里，不再是任何一个同学的同学，而是一个贼。于是我在学校里，仿佛已经不再是一名学生，而仅仅是、无可争议地是一个贼，一个小偷了。

我觉得，连我上课举手回答问题，老师似乎都佯装不见，目光故意从我身上一扫而过。

我不再有学友了。我处于可怕的孤立之中。我不敢对母亲讲我在学校的遭遇和处境，怕母亲为我而悲伤……

当时我的班主任老师，也就是那一位清瘦而严厉的，戴六百度近视眼镜的中年女教师，正休产假。

她重新给我们上第一堂课的时候，就觉察出了我的异常处境。

放学后她把我叫到了僻静处，而不是教员室里，问我究竟做了什么不光彩的事。

我哇地哭了……

第二天，她在上课之前说："首先我要讲讲梁绍生（我当年的本名）和橘皮的事。他不是小偷，不是贼。是我吩咐他在义务劳动时，别忘了为老师带一点儿橘皮。老师需要橘皮掺进别的中药治病。你们再认为他是小偷，是贼，那么也把老师看成是小偷，是贼吧……"

第三天，当全校同学做课间操时，大喇叭里传出了她的声音。说的是她在课堂上所说的那番话……

从此我又是同学的同学，学校的学生，而不再是小偷不再是贼了。从此我不想死了……

我的班主任老师，她以前对我从不曾偏爱过，以后也不曾。在她眼里，以前和以后，我都只不过是她的四十几名学生中的一个，最普通最寻常的一个……

但是，从此，在我心目中，她不再是一位普通的老师了。尽管依然像以前那么严厉，依然戴六百度的近视眼镜……

在"文化大革命"中，我已是中学生了，没给任何一位老师贴过大字报。我常想，这也许和我永远忘不了我的小学班主任老师有某种关系。没有她，我不太可能成为作家。也许我的人生轨迹将彻底地被扭曲、改变，也许我真的会变成一个贼，以我的堕落报复社会。也许，我早已自杀了……

以后我受过许多险恶的伤害。但她使我永远相信，生活中不仅只有坏人，像她那样的好人是确实存在的……因此我应永远保持对生活的真诚热爱！

我的小学

一

我永远忘不了这样一件事。

某年冬天，市里要来一个卫生检查团到我们学校检查卫生，班主任老师吩咐两名同学把守在教室门外，个人卫生不合格的学生，不准进入教室。我是不许进入教室的几个学生之一。我和两名把守在教室门外的学生吵了起来，结果他们从教员室请来了班主任老师。

班主任老师上下打量着我，冷起脸问："你为什么今天还要穿这么脏的衣服来上学？"

我说："我的衣服昨天刚刚洗过。"

"洗过了还这么脏?"老师指点着我衣襟上的污迹。

我说:"那是油点子,洗不掉的。"

老师生气了:"回家去换一件衣服。"

我说:"我就这一件上学的衣服。"

我说的是实话。

老师认为我顶撞了她,更加生气了,又看我的双手,说:"回家叫你妈把你两手的皲用砖头蹭干净了再来上学!"接着像扒乱草堆一样乱扒我的头发,"瞧你这满头虮子,像撒了一脑袋大米!叫人恶心!回家去吧!这几天别来上学了,检查过后再来上学!"

我的双手,上学前用肥皂反复洗过,用砖头蹭也未必能蹭干净。而手生皲,不是我所愿意的。我每天要洗菜、淘米、刷锅、刷碗。家里的破屋子四处透风,连水缸在屋内都结冰,我的手上怎么不生皲?不卫生是很羞耻的,这我也懂。但卫生需要起码的"为了活着"的条件,这一点我的班主任老师便不懂了。阴暗的,夏天潮湿冬天寒冷的,像地窖一样的一间小屋,破炕上每晚拥挤着大小五口人,四壁和天棚每天起码要掉下三斤土,炉子每天起码要向狭窄的空间飞扬四两灰尘……母亲每天早起晚归去干临时工,根本没有精力照料我们几个孩子。如果我的衣服居然还干干净净,手上没皲头上没有虮子,那倒真是咄咄怪事了!

我当时没看过《西行漫记》，否则一定会顶撞一句："毛主席当年在延安住窑洞时还当着斯诺的面捉虱子呢！"

我认为，对于身为教师者，最不应该的，便是以贫富来区别对待学生。我的班主任老师嫌贫爱富。我同学中区长、公社书记、工厂厂长、医院院长的儿女，他们都并非品学兼优的好学生，有的甚至经常上课吃零食、打架，班主任老师却从未严肃地批评过他们一次。

对班主任老师尖酸刻薄的训斥，我只有含侮忍辱而已。

我两眼涌出泪水，转身就走。

这一幕却被语文老师看到了。

她说："梁绍生，你别走，跟我来。"扯住我的一只手，将我带到教员室。

她让我放下书包，坐在一把椅子上，又说："你的头发也够长了，该理一理了，我给你理吧！"说着就离开了办公室。

学校后勤科有一套理发工具，是专为男教师们互相理发用的。我知道她准是取那套理发工具去了。

可是我心里却不想再继续上学了。因为穷，太穷，我在学校里感到一点儿尊严也没有。而一个孩子需要尊严，正像需要母爱一样。我是全班唯一的一个免费生。免费对一个小学生来说是精神上的压力和心理上的负担。"你是免费生，你对得起党吗?"哪怕无意识地犯了算不得什么错误的错误，我也会遭到班主任老师这一类冷言冷语的训斥。我早听够了!

语文老师走出教员室，我便拿起书包逃离了学校。

我一直跑出校园，跑着回家。

"梁绍生，你别跑，别跑呀! 小心被汽车撞了呀!"

我听到了语文老师的呼喊。她追出了校园，在人行道上跑着追我。

我还是跑。她紧追。

"梁绍生，你别跑了，你要把老师累坏呀!"

我终于不忍心地站住了。

她跑到我跟前，已气喘吁吁。

她说:"你不想上学啦?"

我说:"是的。"

她说:"你才小学四年级，学这点文化将来够干什么用?"

我说:"我宁肯和我爸爸一样将来靠力气吃饭，也不在学校里忍受委屈了!"

她说:"你这种想法是错误的。小学四年级的文化，将来也当不了一个好工人!"

我说:"那我就当一个不好的工人!"

她说："那你将来就会恨你的母校，恨母校所有的老师，尤其会恨我。因为我没能规劝你继续上学！"

我说："我不会恨您的。"

她说："那我自己也不会原谅我自己！"

我满心间自卑、委屈、羞耻和不平，哇的一声哭了。

她抚摸着我的头，低声说："别哭，跟老师回学校吧，啊？我知道你们家里生活很穷困，这不是你的过错，没有什么值得自卑和羞耻的。你要使同学们看得起你，每一位老师都喜爱你，今后就得努力学习才是啊！"

我只好顺从地跟她回到了学校。

二

如今想起这件事，我仍觉后怕。没有我这位小学语文老师，依着我从父亲的秉性中继承下来的那种九头牛拉不动的倔强劲儿，很可能连我母亲也奈何不得我，当真从小学四年级就弃学了。那么今天我既不可能成为作家，也必然像我的那位小学语文老师说的那样——当不了一个好工人。

一位会讲故事的母亲和从小的穷困生活，是造就我这样一个作家的先决因素。狄更斯说过——穷困对于一般人是种不幸，但对于作家也许是种幸运。的确，对我来说，穷困并不仅仅意味着童年生活的不遂人愿。它促使我早熟，促使我从童年起就开始怀疑生活，思考生活，认识生活，介入生活。虽然我曾千百次地诅咒过穷困，因穷困感到过极大的自卑和羞耻。

我发现自己也具有讲故事的"才能"，是在小学二年级。认识字了，语文课本成了我最早阅读的书籍，新课本发下来未过多久，我就先自通读一遍了。当时课文中的生字，标有拼音，读起来并不难。

一天，我坐在教室外的楼梯台阶上正聚精会神地看语文课本，教语文课的女老师走上楼，好奇地问："你在看什么书?"

我立刻站起，规规矩矩地回答："语文课本。"

老师又问："哪一课?"

我说："下堂您要讲的新课——《小山羊看家》。"

"这篇课文你觉得有意思吗?"

"有意思。"

"看过几遍了?"

"两遍。"

"能讲下来吗?"

我犹豫了一下，回答："能。"

上课，老师把我叫起，对同学们说："这一堂讲第六课——《小山羊看家》。下面请梁绍生同学先把这一篇课文讲述给我们听。"

我的名字本叫梁绍生，"梁晓声"是我在"文革"中自己改的名字。"文革"中兴起过一阵改名的时髦风，我在一张辞去班级"勤务员"职务的声明中首次署了现在的名字——梁晓声。

我被老师叫起后，开始有些发慌，半天不敢开口。

老师鼓励我："别紧张，能讲述到哪里，就讲述到哪里。"

我在老师的鼓励下，终于开口讲了："山羊奶奶有四个孩子，一天，山羊的妈妈要离开家……"

当我讲完后，老师说："你讲得很好，坐下吧！"看得出，老师心里很高兴。

全班同学都很惊异，对我十分羡慕。

一个穷困人家的孩子，他没有任何值得自我炫耀的地方，当他的某一方面"才能"当众得以显示，并且被羡慕，并且受到夸奖，他心里自然充满骄傲。

以后，语文老师每讲新课，总是提前几天告诉我，嘱我认真阅读，到讲那一堂新课时，照例先把我叫起，让我首先讲述给同学们听。

我们的语文老师，是一位主张教学方法灵活的老师。她需要我这样一名学生，喜爱我这样一名学生。因为我的存在，使她在我们这个班讲的语文课生动活泼了许多。而我也同样需要这样一位老师，因为是她给予了我在全班同学面前显示自己讲故事"才能"的机会。而这样的机会当时对我是重要的，使我幼小的意识中也有一种骄傲存在着，满足着我匮乏的虚荣心。后来，老师的这一语文教学方法，在全校推广开来，引起区和市教育局领导同志的兴趣，先后到我们班听过课。从小学二年级至小学六年级，我和我的语文老师一直配合得很默契。她喜爱我，我尊敬她。小学毕业后，我还回母校看望过她几次。"文革"开始，她因是市的教育标兵，受到了批斗。记得有一次我回母校去看她，她刚刚被批斗完，握着扫帚扫校园，剃了"鬼头"，脸上的墨迹也不许她洗去。

我见她那样子，很难过，流泪了。

她问："梁绍生，你还认为我是一个好老师吗?"

我回答："是的，您在我心中永远是一位好老师。"

她惨然地苦笑了，说："有你这样一个学生，有你这样一句话，我挨批挨斗也心甘情愿了！走吧，以后别再来看老师了，记住老师曾多么喜爱你就行!"

那是最后一次见到她。

不久，她跳楼自杀了。

她不但是我的小学语文老师，还是我小学母校的少先队辅导员老师。她在同学们中组织起了全市小学的第一个"故事小组"和第一个"小记者委员会"。我小学时不是个好学生，经常逃学，不参加校外学习小组，除了语文成绩较好，算术、音乐、体育都仅是个"中等"生，直到五年级才入队。还是在我这位语文老师的多次力争下有幸戴上了红领巾，也是在我这位语文老师的力争下才成为"故事小组"和"小记者委员会"的成员。对此我的班主任老师很有意见，认为她所偏爱的是一个坏学生。我逃学并非因为我不爱学习。那时母亲天不亮就上班去了，哥哥已上中学，是校团委副书记兼学生会主席，也跟母亲一样，早晨离家，晚上才归，全日制，就苦了我。家里还有两个弟弟一个妹妹，我得给他们做饭吃，收拾屋子和担水，他们还常常哭着哀求我在家陪他们。将六岁、四岁、两岁的小弟小妹撒在家里，我常常于心不忍，便逃学，不参加校外学习小组。班主任老师从来也没有到我家进行过家访，因而不体谅我也就情有可原，认为我是一个坏学生更理所当然。班主任老师不喜欢我，还因为穿在我身上的衣服一向很不体面，不是过于肥大就是过于短小，不仅破，而且脏，衣襟几乎天天带着锅底灰和做饭时弄上的油污。在小学没有一个和我要好过的同学。

语文老师是我小学时期在学校里的唯一的一个朋友。

我至今不忘她，永远都难忘。

不仅因为她是我小学时期唯一关心过我喜爱过我的一位老师，不仅因为她给予了我唯一的树立起自豪感的机会和方式，还因她将我向文学的道路上推进了一步——由听故事到讲故事。

三

语文老师牵着我的手，重新把我带回了学校，重新带到教员室，让我重新坐在那把椅子上，开始给我理发。

语文教员室里的几位老师百思不得其解地望着她。

一位男老师对她说："你何苦呢？你又不是他的班主任。曲老师因为这个学生都对你有意见了，你一点不知道？"

她笑笑，什么也未回答。

她一会儿用剪刀剪，一会儿用推子推，将我的头发剪剪推推摆弄了半天，总算"大功告成"。

她歉意地说："老师没理过发，手太笨，使不好推子也使不好剪刀，大冬天的给你理了个小平头，你可别生老师的气呀!"

　　教员室没有镜子。我用手一摸,平倒是很平,头发却短得不能再短了。哪里是"小平头",分明是被剃了一个不彻底的秃头。虮子肯定不存在了,我的自尊心也被剪掉剃平。

　　我并未生她的气。

　　随后她又拿起她的脸盆,领我到锅炉房,接了半盆冷水再接半盆热水,兑成一盆温水,给我洗头,洗了三遍。

　　只有母亲才如此认真地给我洗过头。

　　我的眼泪一滴滴落在脸盆里。

　　她给我洗好头,再次把我领回教员室,脱下自己的毛坎肩,套在我身上,遮住了我衣服前襟那片无法洗掉的污迹。她身材娇小,毛坎肩是绿色的,套在我身上尽管不伦不类,却并不显得肥大。

　　教员室里的另外几位老师,瞅着我和她,一个个摇头不止,忍俊不禁。

　　她说:"走吧,现在我可以送你回到你们班级去了!"

　　她带我走进我们班级的教室后,同学们顿时哄笑起来。大冬天的,我竟剃了个秃头,棉衣外还罩了件绿坎肩,模样肯定是太古怪太滑稽了!

　　她生气了,严厉地喝问我的同学们:"你们笑什么?有什么可笑的？哄笑一个同学迫不得已的做法是可耻的行为！如果我是你们的班主任，谁再敢哄笑我就把谁赶出教室！"

这话她一定是随口而出的，绝不会有任何针对我的班主任老师的意思。

我看到班主任老师的脸一下子拉长了。

班主任老师也对同学们呵斥："不许笑！这又不是耍猴！"

班主任老师的话，更加使我感到被当众侮辱，而且我听出来了，班主任老师的话中，分明包含着针对语文老师的不满成分。

语文老师听没听出来，我无法知道。我未看出她脸上的表情有什么变化。

她对班主任老师说："曲老师，就让梁绍生上课吧！"

班主任老师拖长语调回答："你对他这么尽心尽意，我还有什么话可说？"

市教育局卫生检查团到我们班检查卫生时，没因为我们班有我这样一个剃了秃头，棉袄外套件绿色毛坎肩的学生而在我们教室门贴上一面黄旗或黑旗。他们只是觉得我滑稽古怪，惹他们发笑而已……

从那时起直至我小学毕业，我们班主任老师和语文老师的关系一直不融洽。我知道这一点，我们班级的所有同学也都知道这一点，而这一点似乎完全是由于我这个学生导致的。几年来，我在一位关心我的老师和一位讨厌我的老师之间，处处谨小慎微，循规蹈矩，力不胜任地扮演一架天平上的小砝码的角色。扮演这种角色，对于一个小学生的心理，无异于扭曲，对我以后的性格发展形成不良影响，使我如今不可救药地成了一个忧郁型的人。

我心中暗暗铭记语文老师对我的教诲，学习努力起来，成绩渐好。

班主任老师却不知为什么对我越发冷漠无情了。

四

四年级上学期期末考试，我的语文和算术破天荒地拿了"双百"，而且《中国少年报》选登了我的一篇作文，市广播电台"红领巾"节目也广播了我的一篇作文，还有一篇作文用油墨抄写在儿童电影院的宣传栏上。同学对我刮目相看了，许多老师也对我和蔼可亲了。

校长在全校师生大会上表扬了我的语文老师，充分肯定了在我这个一度被视为坏学生的转变和进步过程中，她所付出的种种心血，号召全校老师像她那样对每一个学生树立起高度的责任感。

受到表扬有时对一个人不是好事。

在她没有受到校长的表扬之前，许多师生都公认，我的"转变和进步"，与她对我的教育是分不开的。而在她受到校长的表扬之后，某些老师竟认为她是一个"机会主义者"了。"文革"期间，有一张攻击她的大字报，赫然醒目的标题即是——"看机会主义者××是怎样在教育战线进行投机和沽名钓誉的！"

而我们班的几乎所有同学，都不知掌握了什么证据，断定我那三篇给自己带来荣誉的作文，是语文老师替我写的。于是流言传播，闹得全校沸沸扬扬。

　　四年级二班的梁绍生，

　　是个逃学精，

　　老师替他写作文，

　　《少年报》上登，

　　真该用屁崩！

　　……

一些男同学，还编了这样的顺口溜，在我上学和放学的路上，围着我讥骂。

班主任老师亲眼看见过我被凌辱的情形，没制止。

班主任老师对我冷漠无情到视而不见的地步。她教算术。在她讲课时，连扫也不扫我一眼了。她提问或者叫同学在黑板上解答算术题时，无论我将手举得多高，都无法引起她的注意。

一天，在她的课堂上，同学们做题，她坐在讲课桌前批改作业本。教室里静悄悄的。

"梁绍生！"她突然大声叫我的名字。

我吓了一跳，立刻怯怯地站了起来。

全体同学都停了笔。

"到前边来！"班主任老师的语调中隐含着一股火气。

我惴惴不安地走到讲课桌前。

"作业为什么没写完？"

"写完了。"

"当面撒谎！你明明没写完！"

"我写完了。中间空了一页。"

我的作业本中夹着印废了的一页，破了许多小洞，我写作业时随手翻过去了，写完作业后却忘了扯下来。

我低声下气地向她承认是我的过错。

她不说什么，翻过那一页，下一页竟仍是空页。

我万没想到我写作业时翻得匆忙，会连空两页。

她拍了一下桌子："撒谎！撒谎！当面撒谎！你明明是

没有完成作业！"

我默默地翻过了第二页空页，作业本上展现出了我接着做完了的作业。

她的脸倏地红了："你为什么连空两页？！想要捉弄我一下是不是？！"

我垂下头，讷讷地回答："不是。"

她又拍了一下桌子："不是？！我看你就是这个用意！你别以为你现在是个出了名的学生了，还有一位在学校里红得发紫的老师护着你，托着你，拼命往高处抬举你，我就不敢批评你了！我是你的班主任，你的小学鉴定还得我写呢！"

我被彻底激怒了！我不能容忍任何人在我面前侮辱我的语文老师！我爱她！她是全校唯一使我感到亲近的人！我觉得她像我的母亲一样，我内心里是视她为我的第二个母亲的！

我突然抓起了讲台桌上的红墨水瓶。班主任以为我要打在她脸上，吃惊地远远躲开我，喝道："梁绍生，你要干什么？！"

我并不想将墨水瓶打在她脸上，我只是想让她知道，我是一个人，在忍无可忍的情况下我是会愤怒的！

我将墨水瓶使劲摔到墙上。墨水瓶粉碎了，雪白的教室墙壁上出现了一片"血"迹！

我接着又将粉笔盒摔到了地上。一盒粉笔尽断，四处滚去。

教室里长久的一阵鸦雀无声，直至下课铃响。

那天放学后，我在学校大门外守候着语文老师回家。她走出学校时，我叫了她一声。

她奇怪地问："你怎么不回家？在这里干什么？"

我垂下头去，低声说："我要跟您走一段路。"

她沉思地瞧了我片刻，一笑，说："好吧，我们一块儿走。"

我们便默默地向前走。她忽然问："你有什么事要告诉我吧？"

我说："老师，我想转学。"

她站住，看着我，又问："为什么？"

我说："我不喜欢我们班级！在我们班级我没有朋友，曲老师讨厌我！要不请求您把我调到您当班主任的四班吧！"我说着想哭。

"那怎么行？不行！"她语气非常坚决，"以后你再也不许提这样的请求！"

我也非常坚决地说："那我就只有转学了！"眼泪涌出了眼眶。

她说："我不许你转学。"

我觉得她不理解我，心中很委屈，想跑掉。

她一把扯住我，说："别跑。你感到孤独是不是？老师也常常感到孤独啊！你的孤独是穷困带来的，老师的孤独……是另外的原因带来的。你转到其他学校也许照样会感到孤独的。我们一个孤独的老师和一个孤独的学生不是更应该在一所学校里吗？转学后你肯定会想念老师，老师也肯定会想念你的。孤独对一个人不见得是坏事……这一点你以后会明白的。再说你如果想有朋友，你就应该主动去接近同学们，而不应该对所有的同学都充满敌意，怀疑所有的同学心里都想欺负你……"

如今，我的小学语文老师已成泉下之人近二十年了。我只有在这篇纪实性的文字中，表达我对她虔诚的怀念。

教育的社会使命之一，就是应首先在学校中扫除嫌贫谄富媚权的心态！

而嫌贫谄富，在我们这个国家，在我们这个国家的小学、中学乃至大学，在二十一世纪的今天，依然不乏其例。

因为我小学毕业后，接着进入了中学，而后又进入过大学，所以我有理由这么认为。

我诅咒这种现象！鄙视这种现象！

第一支钢笔

　　它是黑色的，笔身粗大，外观笨拙。全裸的笔尖、旋拧的笔帽。胶皮笔囊内没有夹管，吸墨水时，捏一下，缓慢鼓起。墨水吸得太足，写字常常"呕吐"，弄脏纸和手。我使用它，已经二十多年了。笔尖劈过，断过，被我磨齐了，也磨短了。笔道很粗，写一个笔画多的字，大稿纸的两个格子也容不下。已不能再用它写作，只能写便笺或信封。

　　它是我使用的第一支钢笔，母亲给我买的。那一年，我升入小学五年级。学校规定，每星期有两堂钢笔字课。某些作业，要求学生必须用钢笔完成。全班每一个同学，都有了一支崭新的钢笔。有的同学甚至有两支。我却没有钢笔可用，连支旧的也没有。我只有蘸水钢笔，每次完成钢笔作业，右手总被墨水染蓝。染蓝了的手又将作业本弄脏。我常因此而感到委屈，做梦都想得到一支崭新的钢笔。

一天，我终于哭闹起来，折断了那支蘸水笔，逼着母亲非立刻给买一支吸水笔不可。

母亲对我说："孩子，妈妈不是答应过你，等你爸爸寄回钱来，一定给你买支吸水笔吗？"

我不停地哭闹，喊叫："不，不，我今天就要。你去给我借钱买。"

母亲叹了口气，为难地说："你这孩子，真不懂事。这月买粮的钱，是向邻居借的；交房费的钱，也是向邻居借的；给你妹妹看病，还是向邻居借的钱。为了今天给你买一支吸水笔，你就非逼着妈妈再去向邻居借钱吗？叫妈妈怎么张得开口啊？"

我却不管母亲好不好意思再向邻居张口借钱，哭闹得更凶。母亲心烦了，打了我两巴掌。我赌气哭着跑出了家门……

那天下雨，我在雨中游荡了大半日不回家，衣服淋湿了，头脑也淋得清醒了，心中不免后悔自责起来。是啊，家里生活困难，仅靠在外地工作的父亲每月寄回几十元钱过日子，母亲不得不经常向邻居开口借钱。母亲是个很顾脸面的人，每次向邻居借钱，都需鼓起一番勇气。

我怎么能为了买一支吸水笔，就那样为难母亲呢？我觉得自己真是太对不起母亲了。

于是我产生了一个念头，要靠自己挣钱买一支钢笔。这个念头一产生，我就冒雨朝火车站走去。火车站附近有座坡度很陡的桥，一些大孩子常等在坡下，帮拉货的手推车车夫们把推车推上坡，可讨得五分钱或一角钱。

我走到那座大桥下，等待许久，不见有推车来。雨越下越大，我只好站到一棵树下躲雨。雨点噼噼啪啪地抽打着肥大的杨树叶，冲刷着马路。马路上不见一个行人的影子，只有公共汽车偶尔驶来驶去。几根电线杆子远处，就迷迷蒙蒙地看不清楚什么了。

我正感到沮丧，想离开，雨又太大，等下去，肚子又饿，忽然发现了一辆手推车，装载着几层高高的木箱子，遮盖着雨布。拉车人在大雨中缓慢地、一步步地朝这里拉来。看得出，那人拉得非常吃力，腰弯得很低，上身几乎俯得与地面平行了，两条裤腿都挽到膝盖以上，双臂拼力压住车把，每迈一步，似乎都使出了浑身的劲儿。那人没穿雨衣，头上戴顶草帽。由于他上身俯得太低，无法看见他的脸，也不知他是个老头，还是个小伙儿。

他刚将车拉到大桥坡下，我便从树下一跃而出，大声问："要帮一把吗?"

他应了一声。我没听清他应的是什么,明白是正需要我"帮一把"的意思,就赶快绕到车后,一点也不隐藏力气地推起来。车上不知拉的何物,非常沉重。还未推到半坡,我便一点力气也没有了,双腿发软,气喘吁吁。那时我才知道,对于有些人来说,钱并非容易挣到的。即使一角钱,也是并非容易挣到的。我还空着肚子呢。又推了几步,实在推不动了,产生了"偷劲"的念头。反正拉车人是看不见我的。我刚刚松懈了一点力气,就觉得车轮顺坡倒转。不行,不容我"偷劲"。那拉车人,也肯定是凭着最后一点力气在坚持,在顽强地向坡上拉。我不忍心"偷劲"了。我咬紧牙关,憋足一股力气,发出一个孩子用力时的哼唷声,一步接一步,机械地向前迈动步子。

车轮忽然转动得迅速起来。我这才知道,已经将车推上了坡,开始下坡了。手推车飞快朝坡下冲,那拉车人身子太轻,压不住车把,反被车把将身子悬起来,腿离了地面,控制不住车的方向。幸亏车的方向并未偏往马路中间,始终贴着人行道边,一直滑到坡底才缓缓停下。

我一直跟在车后跑,车停了,我也站住了。那拉车人刚转过身,我便向他伸出一只手,大声说:"给钱。"

那拉车人呆呆地望着我,一动不动,也不掏钱,也不说话。

我仰起脸看他，不由得愣住了。"他"……原来是母亲。

雨水，混合着汗水，从母亲憔悴的脸上直往下淌。母亲的衣服完全淋透了，像从水里捞出来的一样，湿漉漉地贴在身上，显出了她那瘦削的两肩的轮廓。她胸口剧烈地起伏着，脸色苍白，大口大口地喘着气。

我望着母亲，母亲望着我，我们母子完全怔住了。

就在那一天，我得到了那支钢笔，梦寐以求的钢笔。

母亲将它放在我手中时，满怀期望地说："孩子，你要用功读书啊。你要是不用功读书，就太对不起妈妈了……"

在我的学生时代，我一刻都没有忘记过母亲满怀期望对我说的这番话。

如今，二十多年过去了，我已经是个成年人了，母亲变成老太婆了。那支笔，也可以说早已完成它的历史使命了。但我，却要永远保存它，永远珍视它，永远不抛弃它。

父亲的演员生涯

一

父亲去世已经一个月了。

我仍为我的父亲戴着黑纱。

有几次出门前，我将黑纱摘了下来，但倏忽间，内心里涌起一种怅然若失的情感，戚戚地，我便又戴上了。我不可能永不摘下，我想。这是一种纯粹的个人情感，尽管这一种个人情感在我有不可殚言的虔意。我必得从伤绪之中解脱，也是无须别人劝慰我自己明白的。然而怀念是一种相会的形式，我们每个人的情感都曾一度依赖于它……

这一个月里，又有电影或电视剧制片人员，到我家来请父亲去当群众演员。他们走后，我就独自静坐，回想起父亲当群众演员的一些微事……

一九八四年至一九八六年，父亲栖居北京的两年，曾在五六部电影和电视剧中当过群众演员。在北影院内，甚至范围缩小到我当年居住的十九号楼内，这是司空见惯的事。

父亲被选去当群众演员，毫无疑问最初是由于他那十分惹人注目的胡子。父亲的胡子留得很长，长及上衣第二颗纽扣，总体银白，须梢金黄。谁见了谁都对我说：梁晓声，你老父亲的一把大胡子真帅！

父亲生前极爱惜他的胡子。兜里常揣着一柄木质小梳。闲来无事，就梳理。

记得有一次，我的儿子梁爽，天真发问："爷爷，你睡觉的时候，胡子是在被窝里，还是在被窝外呀？"

父亲一时答不上来。

那天晚上，父亲竟至于因为他的胡子而几乎彻夜失眠。竟至于捅醒我的母亲，问自己一向睡觉的时候，胡子究竟是在被窝里还是在被窝外。无论他将胡子放在被窝里还是放在被窝外，总觉得不那么对劲……

父亲第一次当群众演员，在《泥人常传奇》剧组。导演是李文化。副导演先找了父亲。父亲说得征求我的意见。

父亲大概将当群众演员这回事看得太重，以为便等于投身了艺术，所以希望我替他做主，判断他到底能不能胜任。父亲从来不做自己胜任不了之事。他一生不喜欢那种滥竽充数的人。

我替父亲拒绝了。那时群众演员的酬金才两元。我之所以拒绝不是因为酬金低，而是因为我不愿我的老父亲在摄影机前被人呼来唤去的。

李文化亲自来找我——说他这部影片的群众演员中，少了一位长胡子老头儿。

"放心，我吩咐对老人家要格外尊重，要像尊重老演员们一样还不行吗?"——他这么保证。

无奈我只好违心同意。

从此，父亲便开始了他的"演员"生涯——更准确地说，是"群众演员"生涯——在他七十四岁的时候……

父亲演的尽是迎着镜头走过来或背着镜头走过去的"角色"。说那也算"角色"，是太夸大其词了。不同的服装，使我的老父亲在镜头前成为老绅士、老乞丐，摆烟摊的或挑菜行卖的……

不久，便常有人对我说:"哎呀晓声，你父亲真好。演戏认真极了!"

父亲做什么事都认真极了。

但那也算"演戏"吗？

我每每一笑置之。然而听到别人夸奖自己的父亲，内心总是高兴的。

一次，我从办公室回家，经过北影一条街——就是那条旧北京假影街，见父亲端端地坐在台阶上。而导演们在摄影机前指手画脚地议论什么，不像再有群众场面要拍的样子。

时已中午，我走到父亲跟前，说："爸爸，你还坐在这儿干什么呀？回家吃饭！"

父亲说："不行。我不能离开。"

我问："为什么？"

父亲回答："我们导演说了——别的群众演员没事儿了，可以打发走了。但这位老人不能走，我还用得着他！"

父亲的语调中，很有一种自豪感似的。

父亲坐得很特别。那是一种正襟危坐。他身上的演员服，是一件褐色绸质长袍。他将长袍的后摆，掀起来搭在背上。而将长袍的前摆，卷起来放在膝上。他不依墙，也不靠什么，就那样子端端地坐着，也不知已经坐了多久。分明地，他唯恐使那长袍沾了灰土或弄褶皱了……

父亲不肯离开，我只好去问导演。

导演却已经把我的老父亲忘在脑后了，一个劲儿地向我道歉……

中国之电影电视剧，群众演员的问题，对任何一位导演，都是很沮丧的事。往往地，需要十个群众演员，预先得组织十五六个，真开拍了，剩下一半就算不错。有些群众演员，钱一到手，人也便脚底板抹油，溜了。群众演员，在这一点上，倒可谓相当出色地演着我们现实中的些个"群众"、些个中国人。

难得有父亲这样的群众演员。

我细思忖，都愿请我的老父亲当群众演员，当然并不完全因为他的胡子……

二

那两年内，父亲睡在我的办公室。有时我因写作到深夜，常和父亲一块儿睡在办公室。

有一天夜里，下起了大雨。我被雷声惊醒，翻了个身，黑暗中，恍恍地，发现父亲披着衣服坐在折叠床上吸烟。

我好生奇怪，不安地询问："爸，你怎了？为什么夜里不睡、吸烟？爸你是不是有什么心事啊？"

黑暗之中，但闻父亲叹了口气。许久，才听他说："唉，我为我们导演发愁哇！他就怕这几天下雨……"

父亲不论在哪一个剧组当群众演员，都一概地称导演为"我们导演"。从这种称谓中我听得出来，他是把他自己——一个迎着镜头走过来或背着镜头走过去的群众演员，与一位导演之间联得太紧密了。或者反过来说，他是把一位导演，与一个迎着镜头走过来或背着镜头走过去的群众演员联得太紧密了。

而我认为这是荒唐的。

而我认为这实实在在是很犯不上的。

我嘟哝地说："爸，你替他操这份心干吗？下雨不下雨的，与你有什么关系？睡吧睡吧！"

"有你这么说话的吗？"父亲教训我道，"全厂两千来人，等着这一部电影早拍完，才好发工资，发奖金！你不明白？你一点不关心？"

我佯装没听到，不吭声。

父亲刚来时，对于北影的事，常以"你们厂"如何如何而发议论，而发感慨。不知从什么时候开始，他不说"你们厂"了，只说"厂里"了。倒好像，他就是北影的一员。甚至倒好像，他就是北影的厂长……

天亮后，我起来，见父亲站在窗前发怔。

我也不说什么。怕一说，使他觉得听了逆耳，惹他不高兴。

后来父亲东找西找的。我问找什么。他说找雨具。他说要亲自到拍摄现场去，看看今天究竟是能拍还是不能拍。

他自言自语："雨小多了嘛！万一能拍呢？万一能拍，我们导演找不到我，我们导演岂不是要发急吗？……"

听他那口气。仿佛他是主角。

我说："爸，我替你打个电话，向你们剧组问问不就行了吗？"

父亲不语，算是默许了。

于是我就到走廊去打电话。其实是给我自己打电话。

回到办公室，我对父亲说："电话打过了。你们组里今天不拍戏。"——我明知今天准拍不成。

父亲火了，冲我吼："你怎么骗我？！你明明不是给我剧组打电话！我听得清清楚楚。你当我耳聋吗？"

父亲怒冲冲地就走出去了。

我站在办公室窗口，见父亲在雨中大步疾行，不免羞愧。

对于这样一位太认真的老父亲，我一筹莫展……

父亲还在朝鲜民主主义人民共和国选景于中国的一部什么影片中担当过群众演员。当父亲穿上一身朝鲜民族服装后，别提多么像一位朝鲜老人了。那名朝鲜导演也一直把他视为一位朝鲜老人。后来得知他不是，大为惊讶，也对父亲表示了很大的谢意，并单独同父亲合影留念。

那一天父亲特别高兴，对我说："我们中国的古人，主张干什么事都认真。要当群众演员，咱们就认认真真地当群众演员。咱们这样的中国人，外国人能不看重你吗？"

记得有天晚上，是一个星期六的晚上。我、妻子和老父母一块儿包饺子。父亲擀皮儿。

忽然父亲长叹一声，喃喃地说："唉，人啊，活着活着，就老了……"

一句话，使我、妻、母亲面面相觑。

母亲说："人，谁没老的时候？老了就老了呗！"

父亲说："你不懂。"

妻煮饺子时，小声对我说："爸今天是怎么了？你问问他。一句话说得全家怪纳闷怪伤感的……"

吃过晚饭，我和父亲一同去办公室休息。睡前，我试探地问："爸，你今天又不高兴了吗？"

父亲说："高兴啊。有什么不高兴的！"

我说："那么包饺子的时候叹气，还自言自语老了老了的？"

父亲笑了，说："昨天，我们导演指示——给这老爷子一句台词！连台词都让我说了，那不真算是演员了吗？我那么说你听着可以吗？……"

我恍然大悟——原来父亲是在背台词。

我就说:"爸,我的话,也许你又不爱听。其实你怎么说都行!反正到时候,不会让你自己配音,得找个人替你再说一遍这句话。……"

父亲果然又不高兴了。

父亲又以教训的口吻说:"要是都像你这种态度,那电影,能拍好吗?老百姓当然不愿意看!一句台词,光是说说的事吗?脸上的模样要是不对劲,不就成了嘴里说阴,脸上作晴了吗?"

父亲的一番话,倒使我哑口无言。

惭愧的是,我连父亲不但在其中当群众演员,而且说过一句台词的这部电影,究竟是哪个厂拍的,片名是什么,至今一无所知。

我说得出片名的,仅仅三部电影——《泥人常传奇》《四世同堂》《白龙剑》。

前几天,电视里重播电影《白龙剑》,妻忽指着屏幕说:"梁爽,你看你爷爷!"

我正在看书,目光立刻从书上移开,投向屏幕——哪里有父亲的影子……

我急问:"在哪儿在哪儿?"

妻说:"走过去了。"

是啊，父亲所"演"，不过就是些迎着镜头走过来或背着镜头走过去的群众角色。走得时间最长的，也不过就十几秒钟。然而父亲的确是一位极认真极投入的群众演员——与父亲"合作"过的导演们都这么说……

三

在我写这篇文字时，又有人打来电话——

"梁晓声？……"

"是我。"

"我们想请你父亲演个群众角色啊！……"

"这……我父亲已经去世了……"

"去世了？……对不起……"

对方的失望大大多于对方的歉意。

如今之中国人，认真做事认真做人的，实在不是太多了。如今之中国人，仿佛对一切事都没了责任感。连当着官的人，都不大肯愿意认真地当官了。

有些事，在我，也渐渐地开始不很认真了。似乎认真首先对自己是很吃亏的事。

父亲一生认真做人，认真做事，连当群众演员，也认真到可爱的程度。这大概首先与他愿意是分不开的。一个退了休的老建筑工人，忽然在摄影机前走来走去，肯定的是他的一份儿愉悦。人对自己极反感之事，想要认真也是认真不起来的。这样解释，是完全解释得通的。但是我——他的儿子，如果仅仅得出这样的解释，则证明我对自己的父亲太缺乏了解了！

我想——"认真"二字，之所以成为父亲性格的主要特点，也许更因为他是一位建筑工人。几乎一辈子都是一位建筑工人，而且是一位优秀的获得过无数奖状的建筑工人。

一种几乎终生的行业，必然铸成一个人明显的性格特点。建筑师们，是不会将他们设计的蓝图给予建筑工人——即那些砖瓦灰泥匠们过目的。然而哪一座伟大的宏伟建筑，不是建筑工人们一砖一瓦盖起来的呢？正是那每一砖每一瓦，日复一日，月复一月，年复一年地，十几年、几十年地，培养成了一种认认真真的责任感。一种对未来之大厦矗立的高度的可敬的责任感。他们虽然明知，他们所参与的，不过一砖一瓦之劳，却甘愿通过他们的一砖一瓦之劳，促成别人的冠环之功。

他们的认真乃因为这正是他们的愉悦！

愿我们的生活中，对他人之事认真，并能从中油然引出自己之愉悦的品格，发扬光大起来吧！

父亲是一个普通得不能再普通的人。父亲曾是一个认真的群众演员。或者说，父亲是一个"本色"的群众演员。

以我的父亲为镜，我常不免问我自己——在生活这大舞台上，我也是演员吗？我是一个什么样的演员呢？就表演艺术而言，我崇敬性格演员，就现实中人而言，恰恰相反，我崇敬每一个"本色"的人，而十分警惕"性格演员"……

当爸的感觉

尽管我的儿子早已不是儿童，而是初二的学生了。尽管我已经纯粹为了自己得以从稿债中解脱，根本不管他的抗议，拿他做过两次文章了。我常想我若有五个六个儿子就好了，便可轮番地写来。甚至可以在几个儿子之间采取小小的"重点政策"，使儿子们相互嫉妒，认为当老子的写了谁，乃是谁的殊荣。那我不就变被动为主动了吗？无奈我只有这么一个儿子。无奈他对我的容忍度，已然放宽到连自己都十分难为情的地步了……

儿子刚刚背着行李，参加军训去了，临走前见我铺开稿纸，煞有介事地思考，犹犹豫豫地写下题目，凑过来瞄了一眼，嘲讽地说："爸，你真天才。从我这么一个平庸的儿子身上，你竟能发现那么多可写的素材！"

我说："儿子，向你保证，这是最后一次！"

儿子说："别保证。用不着保证。你发誓我都不会相信！说相声的常拿自己的'二大爷'逗哏儿，你跟相声演员们犯的是同一种职业病。我充分理解！"

我说："好儿子，谢谢。"

他说："不用谢。因为我也开始写你了，而且已经公开发表了一篇。"

我一惊，忙问："发在哪儿了？"

儿子回答发在班级的墙报上了。

我这才稍稍心定，又严肃地问："都写了我些什么？为什么不先让我过过目？"

儿子说："你写我，也没先征得我的同意啊！咱俩彼此彼此。"

我一时很窘，无话可说……

半夜解题

儿子考试前的某一天，刚吃过晚饭就写作业。写到十点半，还有一道几何题没解出来。我几次主动"请缨"，说儿子你要不要我和你一块儿攻下这道难题啊？几次都遭到儿子颇不耐烦的拒绝。最后我不顾他的拒绝，粗暴参与。结果正如他所料，既干扰了他的思路，也浪费了他的时间，以己昏昏，使儿子昏昏。那时快十二点了。妻说你还让不让儿子睡觉了？他明天还得上一天课呀！不像你，可以在家里睡懒觉！于是我强行收起他的作业卷，以不容争辩的命令的口吻，催促他洗漱了躺到床上去。儿子也真是困到了极点，头一挨枕便酣然入眠。而我却再也睡不着。用冷水冲了头，强打精神，继续替儿子钻研那道几何难题。半个小时后，我对陪在一旁织毛衣的妻说——老爸出马，一个顶俩，我解出来了！

博得了妻对我羡佩的一笑。

第二天儿子刚起床，我便从自己枕下摸出作业卷，大言不惭地对儿子说："这么简单的题你都不开窍？这有何难的？站到床边儿来，听老爸给你讲讲——这两个直角三角形，有两个角相等，还都有一个角是直角。三角相等，故两个三角形全等。而三角形A又等于三角形B，而三角形B又等于……"

儿子脸上便呈现出冷笑。

我生气了，说儿子："你冷笑什么？你的态度怎么这样不谦虚？"

儿子说："两个锐角相等的直角三角形就全等啊！直角

三角形哪儿有这么一条定理？"——于是画图使我明白，它们也有可能仅仅是相似……

我愣了半天，讷讷地说："难道……是我想象出了这么一条定理？"

儿子说："反正书上没有，老师也没教过这么一条全等直角三角形的定理。"

我羞惭难当，无地自容，躺在床上挥挥手，大赦了儿子……

我明白——我再也辅导不了儿子数理化了。从那一天起，直至永远。当年我初三下乡。当年的初三数理化教材，比如今的初二教材只低不高。我太不自量力，太无自知之明了……

自己承认了这一点，使我内心里涌起一种难言的悲哀。以后，不管他写作业到多么晚，不管他看上去多么需要一个头脑聪明的人的指点和帮助，我是再也不往他跟前凑了……

给儿子写信

按照学校的要求，我得给儿子写一封信。而且此事不让学生知道。更不能让学生看到信。在某次活动中，信将由老师分发给每一名学生，希望以这种方式，在他们普遍年满十四周岁以后，带给他们每个人一份儿意外的惊喜。

于是我生平第一次给我的儿子写信。

我竟不知在这一封信里该写些什么。我不愿在信中流露出我对他的体恤，因为几乎每一个城市里的初二的儿女都如他一样的似箭在弦，他不应格外地得到体恤。我也不愿用信的方式鞭策他，因为他自己早已深知每次在分数竞争中失利，对自己都意味着一种严峻的形势。我不愿在信中写入对他所寄的希望。我不望子成龙。事实上只祈祝他能有幸受到高等教育，而仅仅这一点已使他过早地成熟了。他的日渐成熟正是我备感欣慰的，同时又是备感悲哀的。刚刚十四岁就开始思考人生和忧患自己未来的命运，这太令我这个当父亲的替他感到沮丧了。我自己的少年时代就是从忧患之中度过来的，我真不愿他和当年的我一样。当年的我是因为家境的贫寒，如今的他是因为变成了中国高考制度的奴仆。我极端憎恶这一种现代八股式的高考制度，但我又十分冷静地明白——此一点最是我丝毫也不能流露在字里行间……

"爸爸，你怎么想了这么久还不写？"

儿子忽然在我背后发问。显然，他站在我背后多时了。我赶紧用一只手捂住稿纸上端——捂住"给儿子的信"一行字。

　　良久，我听到坐在沙发上的他说："爸，对不起，给你添麻烦了……"

　　顿时的，我眼眶有些潮了……

儿子"采访"我

　　儿子上个星期的一项作业是——采访父母。妻上个星期几乎每天加班，不加班便上夜校，只得由我来接受"采访"。否则儿子就完不成作业。于是我和儿子之间，有了如下一次较为特别的谈话：

　　"你是哪一年下乡的？"

　　"这还用问？"

　　"不问我怎么清楚？"

　　"一九六八年。"

　　"哪一年上大学的？"

　　"一九七四年。"

　　"哪一年毕业的？"

　　"一九七七年。"

　　"你经历过坎坷吗？"

　　"经历过。"

"说说。"

"这还用说？"

"你不说我怎么会知道。"

……

我凝视着儿子，觉得他是那样的陌生。或者反过来说，他怎么对我一无所知似的？他要了解他问的那一切，是多么的简单！书架上陈列的，几乎每一部书脊上印着我名字的书，都有我的简历。从我的许多篇小说中，都能看到他的老爸的身世。而他从来没有触摸过我的任何一部书一下。那些书对他仿佛根本就不存在。他从来也不曾扫视过那一格书架一眼。他甚至远不及别人家的，比如朋友或邻人的初二的儿女们对我的大致经历有所了解。

有一次我无意中偷听到他和他的几名男同学背地里如此谈论我的书：

"你爸爸可真写了不少书。"

"你别翻他的书！"

"你自己喜欢看吗？"

"我为什么要喜欢看他写的书？"

"借我一本看行吗？"

"不行！"听来他似乎生起气来了。

"你干吗这样牛气呀？他这些书迟早会过时的！"

"他这些书已经过时了！以后我也不看他的书。世界上那么多经典还看不过来呢！"

没想到，我以近二十年的精力和心血所获得的创作成果，在他眼里似乎皆是些没有什么意义的，仿佛一文不值的东西。

"你对你至今的人生满意吗?"儿子继续"采访"我。

我回答："谈不上满意不满意。我的人生已经这样了。我习惯了。"

"假如有一件最使你高兴的事，目前而言那可能是一件什么事?"

我几乎是恶狠狠地回答："你的学习成绩又前进了五名！"

儿子目不转睛地看了我一阵，淡淡地说："我的采访结束了，就到这儿吧！"

我意识到，我深深刺伤了儿子的自尊心。正如儿子也深深刺伤过我的自尊心一样。于是我联想到了王朔的小说《我是你爸爸》。进而又想，有一个多少具有点儿精神叛逆色彩的儿子，也好。这样的一个儿子，时刻提醒我明白，我只不过是一个初二男生的父亲。除此之外，也许再什么都不是，更没有任何可得意的资本。儿子在家里教我夹起尾巴做人。

读者，如果你的儿子已经初二了，如果你是一位父亲，我想你一定会同意我的看法——和你初二的儿子交朋友并非一件容易的事。有时他似乎将你当作朋友了，其实在他内心里，你仍然只不过是他的父亲。

当爸的感觉在现代是越来越变得粗糙而暧昧了啊！

歌声在 桥头

斯时，一轮明月悬于桥头上空，我见有人不禁地仰起了脸……

喷　壶

　　在北方的这座城市，在一条老街的街角，有一间俄式小房子。它从前曾是美观的。也许，还曾有白色的或绿色的栅栏围着的吧？夏季，栅栏上曾攀缘过紫色的喇叭花吗？小院儿里曾有黄色的夜来香和粉色的扫帚梅赏心悦目吗？当栅栏被细雨淋湿的时候，窗内曾有少女因怜花而捧腮凝睇吗？冬季，曾有孩子在小院儿里堆雪人吗……

　　是的。它从前确曾是美观的。

　　但是现在它像人一样地老了。从前中国人承认自己老了，常说这样一句话："土埋半截了。"

　　这一间俄式小房子，几乎也被"土埋半截了"，沉陷至窗台那儿了。从前的铁瓦差不多快锈透了，这儿那儿打了许多处"补丁"。那些"补丁"是用亮锃锃的新铁皮"补"上去的。或圆形，或方形，或三角形和菱形，使房顶成为小房子现在最美观的部分，一种童话意味的美观。房檐下的接雨沿儿，也是用亮锃锃的新铁皮打做的。相对于未经镀亮的铁皮，那叫"白铁皮"，还叫"熟铁皮"。亮锃锃的接雨沿儿，仿佛那"土埋半截了"的"老"了的小房子扎在额上的一条银缎带。一年又一年的雨季，使小房子一侧的地面变成了赭红色。房顶的雨水通过接雨沿儿再通过垂直的流水管儿引向那儿的地面，是雨水带下来的铁锈将那儿的地面染成赭红色了……

小房子门口有一棵树。树已经死了多年了。像一只长长的手臂从地底下伸出来，揸着短而粗的"五指"。其中一"指"上，挂着一串亮锃锃的铁皮葫芦。风吹即动，发出悦耳的响声，风铃的响声似的。

那小房子是一间黑白铁匠铺。

那一串亮锃锃的铁皮葫芦是它的标志，也是铁匠手艺的广告。

铁匠年近五十了。按从前的说法，他正是一个"土埋半截了"的人。按现在的说法，已走在通往火葬场的半路上。一个年近五十的人，无论男女，无论贫富，无论身份高低，无论健康与否，无论是仍充满着种种野心雄心还是与世无争守穷认命地活着——有一点是完全相同的，都是"土埋半截了"的人。

这铁匠却并不守穷认命。当然他也没什么野心和雄心了。不过他仍有一个热切的、可以理解的愿望——在那条老街被推平之前，能凑足一笔钱，在别的街上租一间面积稍微大一点儿的房子，继续以铁匠手艺养家糊口。

铁匠明白，这条老街总有一天是要被推平的。或两年后，或三年后，也可能一年后。那条老街已老得如同城市的一道丑陋的疤。

铁匠歇手吸烟时，便从小房子里出来，靠着枯树，以忧郁的目光望向街的另一端。他并不眷恋这条街。但这条老街倘被推平了，自己可怎么办呢？小房子的产权是别人的。确切地说，它不是一幢俄式小房子本身，而只不过是背阴的一小间。朝阳的三间住着人家，门开在另一条街上……

现在城市里少见铁匠铺了，正如已少见游走木匠一样。这铁匠的另一个老同行不久前一觉不醒地死了。他是这座城市里唯一的没竞争对手的铁匠了。他的生意谈不上怎样的兴隆，终日做一些小锉子、小铲子、小桶、喷壶之类而已。在塑料品比比皆是的今天，这座城市的不少人家，居然以一种怀旧似的心情青睐起他做的那些寻常东西来。他的生意的前景，很有一天好过一天的可能。

但他的目光却是更加忧郁了。因为总有消息传来，说这条老街就要被推平了，就要被推平了……

他却至今还没积蓄。要想在这座城市里租一间门面房，手中没几万元根本别做打算……

某日，又有人出现在他的铁匠铺门前，是位七十多岁的老者。

"老人家，您做什么？"

铁匠自然是一向主动问的，但因那样一位老者来他的铁匠铺前而奇怪。

"桶。"

老者西装革履，头发皆已银白，精神矍铄，气质儒雅。说时，伸手轻轻拨动了一下那串铁皮葫芦，于是铁皮葫芦发出一阵悦耳的响声。

"多大的呢？"

老者默默用手比量出了他所要的规格。

"得先交十元钱押金。"

"不。我得先看看你的手艺如何。"

"您不是已经看见了这几件样品吗？还说明不了我的手艺吗？"

"样品是样品，不能代表你没给我做出来的桶。"

"要是我做出来了，您又不要了，我不白做了吗?"

"那还有机会卖给别人。可你要做得不合我意，又不退押金给我，我能把你怎么样呢?"

铁匠不禁笑了。

他自信地说:"好吧。那我就破一回例，依您老人家。"

是的，铁匠很自信。不过就是一只桶嘛。他怎么会打做出使顾主觉得不合意的桶呢? 望着老者离去的背影，铁匠困惑地想——他要我为他做一只白铁皮的桶干什么用呢? 他望见老者在街尽头上了一辆分明是等在那儿的黑色轿车……

几天后，老者又来了。

铁匠指着已做好的桶让老者看。

不料老者说:"小了。"

"小了?"——铁匠顿时一急。他强调，自己是按老者当时双手比量出的大小做的。

"反正是小了。"——老者的双手比量在桶的外周说:"我要的是这么大的。"

"可……"

"别急，你用的铁皮，费的工时，我一总付给你钱就是了。"

"那，先付一半吧老人家……"

老者摇头，表情很固执。看上去显然没有商量的余地，但也显然是一言九鼎，值得信任的态度。

铁匠又依了老者。

老者再来时，对第二只桶频频点头。

"这儿，要有个洞。"

"为什么？老人家。"

"你别管，按我的要求做就是。"

铁匠吸取了教训，塞给老人一截白粉笔。老者在桶的底部画了一个圆，没说什么就走了。

老者第四次来时，"指示"铁匠为那捅了一个洞的桶做上拎手、盖和水嘴儿。铁匠这才明白，老者要他做的是一只大壶。他心里纳闷儿，一开始说清楚不就得了吗？如果一开始说清楚，那洞可以直接在铁皮上就捅出来呀，那不是省事儿多了吗？

但他已不问什么了。他想这件事儿非要这样不可，对那老者来说，是一定有其理由的。

铁匠错了。老者最终要他做的，也不是一只大壶，而是一只喷壶。

喷壶做成以后，老者很久没来。

而铁匠常一边吸烟，一边望着那只大喷壶发呆发愣。往日，铁匠每每手里敲打着，口中哼唱着。自从他做成那只大喷壶以后，铁匠铺里再也没传出过他的哼唱声。

却有一个十七八岁的姑娘替老者来过一次。她将那只大喷壶仔仔细细验看了一遍。分明的，想要有所挑剔。但那大喷壶做得确实无可挑剔。姑娘最后不得不说了两个字——"还行"。

"还要做九只一模一样的，一只比一只小，你肯做吗？"

铁匠目光定定地望着姑娘的脸，似乎在辨认从前的熟人，他知道那样望着对方有失礼貌，但他不由得不那样。

"你肯做，还是不肯做？"

姑娘并不回避他的目光。恰恰相反，她迎视着他的目光，仿佛要和他进行一番目光与目光的较量。

"你说话呀！"

姑娘皱起眉，表情显得不耐烦了。

"我……肯做。当然肯……"

铁匠一时有点儿不知所措……

"一年后来取，你答应一只也不卖给别人吗？"

姑娘的口吻冷冷的。

"我……答应……"

铁匠回答时，似乎自感卑贱地低下了他的头，一副目光不知所望的样子……

"钱，也要一年以后才付。"

"行，怎么都行。怎么我都愿意。"

"那么，记住今天吧。我们一年以后的今天见。"

姑娘说完，转身就走。

铁匠跟出了门……

他的脚步声使姑娘回头看他。她发现他是个瘸子。她想说什么，却只张了一下嘴，什么话都没说，一扭头快步而去。铁匠的目光，也一直将姑娘的背影送至街的那一端。他看见她也坐进了轿车里，对那辆黑色的轿车他已熟悉。

铁匠的目光不但忧郁，而且，竟很有些伤感了。他转身时，碰了那串铁皮葫芦，悦耳的声音刚一响，他便用双手轻轻捂住最下面的一个，仿佛捂住一只蜻蜓或一只蝴蝶，于是整串葫芦被稳住了，悦耳的声音也就停止了……

铁匠并不放开双手。他仰起脸，望向天空。此时正值中午，五月的太阳光芒柔和，并不耀眼。他的样子，看上去像在祈雨……

后来，这铁匠就开始打做另外九只喷壶。他是那么的认真，仿佛工艺家在进行工艺创造。为此他婉拒了不少主动上门的活儿。

世上有些人没结过婚，但世上每一个人都是爱过的。

铁匠由于自己是瘸子至今没结婚，但在他是一名初二男生时就爱过了。那时的他眉清目秀。他爱上了同班一名沉默寡言、性情特别内向的女生。其实她的容貌算不上出众，也许她吸引他的美点，只不过是她那红润的双唇，像樱桃那么红润。主观的老师曾在班上不点名地批评过她才初二不该涂口红，她委屈得哭了。而事实证明她没涂过口红。但从此她更沉默寡言了。因为几乎全班的男生都开始注意她了，由于她像樱桃那么红润的唇。初二下学期他和她分在了同桌。起初他连看都不敢看她，他觉得她的红唇对自己具有不可抗拒的诱惑力，并且开始以审美的眼光暗自评价她的眼睛，认为她有一双会说话的眼睛。其实大多数少女的眼睛都会说话，她们眼睛的这一种"功能"要等到恋爱几次以后才渐渐"退化"，初二的男生不懂得这一点罢了。不久他又被她那双白皙的小手所诱惑，那倒的确是一双秀美的小手，白皙得近乎透明，唯有十个迷人的指尖儿微微泛着粉红……

某一天，他终于鼓起一百二十分的勇气塞给了她一张纸条，上面写满了他"少年维特之烦恼"。三十几年前中学生的早恋方式与今天没什么不同，也都是以相互塞纸条开始的，但结果却往往与今天很不一样。

他首先与自己的同桌分开了。

接着纸条在全校大会上被宣读了，再接着是找家长谈话。他的父亲——三十几年前的铁匠从学校回到家里，怒冲冲地将他毒打了一顿，而后是写检查和保证书……

这初二男生的耻辱，直至"文革"开始以后方得以雪洗。他第一个冲上批斗台抢起皮带抽校长，他亲自操剪刀将女班主任老师的头发剪得乱七八糟。他对他的同桌的报复最为"文明"——在"文革"第一年的冬季，他命她拎着一只大喷壶，在校园中浇出一片滑冰场来！已经没哪个学生还有心思滑冰了，在那一个"革命风暴"凛冽的冬季。但那么多红卫兵成为他的拥护者。人性的恶被以"革命"的名义调动得天经地义理直气壮。那个冬季真是特别地寒冷啊，而他不许她戴着手套拎那把校工用来浇花的大喷壶。看着她那双秀美的白皙的小手怎样一触碰到水湿了的喷壶即被冻住，他觉得为报复而狂热地表现"革命"是多么地值得。谁叫她的父亲在国外，而且是资本家呢！"红五类"对"黑五类"冷酷无情是被公认的"革命"原则啊……整个冬季她也没浇出一片足以滑冰的冰场来。

春风吹化了她浇出的那一片冰的时候，她从学校里也从他的注意力中消失了。

再狂热"革命"的红卫兵也逃避不了"上山下乡"的命运。艰苦的劳动绝不像"革命"那么痛快，他永远明白了这一点，代价是成了瘸子。

返城后的一次同学聚会中，一名女同学忏悔地告诉他，其实当年不是他的同桌"出卖"了他。是那名和她特别亲密无间的女同学。他听了并不觉得内疚。他认为都是"文革"的过错。

但是当他又听说，三十几年前，为了浇出一片滑冰场，她严重冻伤的双手被齐腕锯掉了，他没法再认为那都是"文革"的过错了。他的忏悔远远大于那名当年"出卖"了她也"出卖"了他的女同学。

他顶怕的事就是有一天，一个没了双手的女人来到他的铁匠铺，欣赏着他的手艺说："有一双手多好哇！""请给我打做一只喷壶，我要用它在冬季浇出一片滑冰场。"……

现在，他知道，他顶怕的事终于发生了。尽管不是一个没了双手的女人亲自来……

每一只喷壶的打做过程，都是人心的审判过程。

而在打做第十只，也就是最小的那一只喷壶时，铁锤和木槌几次敲砸在他手上。他那颗心的疤疤癞癞的数层外壳，也终于一层层地被彻底敲砸开了。他看到了他不愿承认更不愿看到的景观。自己灵魂之核的内容，人性丑陋而又邪恶的实证干瘪着，像一具打开了石棺盖因而呈现着的木乃伊。他自己最清楚，它并非来自外界，而是在自己灵魂里自生出的东西。原因是他的灵魂里自幼便缺少一种美好的养分——人性教育的养分。虽忏悔并不能抵消他所感到的战栗……

他非常想把那一只最小的喷壶打做得最美观，但是他的愿望没达到。

曾有人要买走那十只喷壶中的某几只，他不卖。

他一天天等待着他的"赎罪日"的到来……

那条老街却在年底就被提前推平了。

他十分幸运地得到了一处门面房，而且是里外两间，而且是在一条市场街上。动迁部门告知他，因为有"贵人"关照着他。否则，他凭什么呢？休想。

他几回暗问自己——我的命中也配有"贵人"吗？

猜不出个结果，就不猜了。

这铁匠做好了一切心理准备，专执一念等待着被羞辱、被报复。最后，竟连这一种惴惴不安的等待着的焦虑心态，也渐渐地趋于平静了。

一切事情总有个了结，他想。不至于也斩掉我的双手吧？这么一想，他又觉得自己未免庸人自扰。

他所等待的日子终于等到了。那老者却没来，那姑娘也没来。一个认识他的孩子将一封信送给了他，是他当年的同桌写给他的。她在信中这样写着：

我的老父亲一直盼望有机会见到你这个使他的女

儿失去了双手的人！我的女儿懂事后也一直有同样的想法。他们的目的都达到了。他们都曾打算替女儿和母亲惩罚你。他们有报复你的足够的能力。但我们这一家人都是反对报复的人，所以他们反而在我的劝说之下帮助了你。因为，对我在少女时期爱过的那个少年，我怎么也狠不下心来……

　　信封中还有一样东西——她当年看过他塞给她的纸条后，本打算塞给他的"复信"。两页作文本上扯下来的纸，记载着一个少女当年被爱所唤起的种种惊喜和幸福感。

　　那两页纸已发黄变脆……

　　它们一下子被他的双手捂在了脸上，片刻湿透了。

　　在五月的阳光下，在五月的微风中，铁匠铺外那串亮锃锃的铁皮葫芦响声悦耳……

老屋的残骸

　　X 老应该算得上是一位不太老的老革命了。如今二十世纪四十年代的许多革命者，都曾担任过省部级甚至更高的领导了，一九三七年参加革命的他，难道还不该算得上是一位老革命吗？说他不算老，乃因他参加革命那一年实际年龄小，才十三岁，属于"红小鬼"之列。

　　如今他是从正厅级的职位上离休，赋闲在家了。养养花，学学书法，偶尔被邀请参加什么社会活动，倒也渐渐习惯了赋闲的日子。

　　有一天，X 老收到了一封从家乡寄给他的信。他的家乡是一个至今仍很穷的村子。信是他的一个"堂弟"写给他的。信上说地方政府要修公路。"要想富，先修路"嘛！公路必从村中修过——他家的老屋子，正在路段上，是非拆不可的。村里的干部估计了一下，大概能拆下价值三百多元的旧木料。那些木料或卖了木料的钱，当然应该归X老⋯⋯

于是X老持着信，就动了思乡之情。他自从少小离乡，参加了革命，就再没回过老家。于是他回忆起了那幢老屋，经历了半个多世纪的风风雨雨，早没人住更没人修缮过，想必早已破败不堪了⋯⋯

进而又回忆给他写信的"堂弟"，却怎么也回忆不起来。革命胜利后，他入了城，当了干部，就将老父老母和弟弟妹妹一干亲人及亲人们的亲人，先后分批接到城里，都力所能及地一一安排了工作。父亲是独子，也没有堂兄弟。连父亲都没有堂兄弟，他想又从哪儿冒出个"堂弟"来了呢？记得他的父亲在世时，他曾数次问父亲，想不想回老家看看。如果想，他是很愿意陪伴父亲回老家一趟的。

可老父亲每次都这么回答："哎，老了，又病病恹恹的，颠簸不起了呀。再者，老家一个亲戚都没有了。同辈的乡亲们都不在了，回去看谁呀？"

父亲生前的话，不也证明自己根本不可能有什么"堂弟"吗？

噢，对了对了，他终于想起，十几年前，也曾收到过一封家乡来信，也是一个自称"堂弟"的写来的。他记得，那一封信和这一封信的字迹一样，都很稚嫩，且都是用铅笔写的。显然都是孩子写的。那一封信没保留着，所以他也就无法判断，两封信是否是同一个"堂弟"家写来的。

那一封信写了许多家里生活如何如何困难的情况，希望他这位当了官的"堂兄"，能寄回些钱接济接济。

当年他也曾对"堂弟"二字犯过疑惑，并问过老父亲，自己是否有一位"堂弟"在家乡。——对了对了，老父亲当年就明明白白地告诉他，三代单传之家，哪能有堂弟？

尽管如此，当年他还是给那"堂弟"寄去了三百元钱。三百元钱，在当年是不小的一笔数目了。不是"堂弟"也是乡亲啊，革命干部岂能在乡亲写信求助时无动于衷呢？

那么这一个"堂弟"，也必是乡亲无疑了，姑且不论是不是那一个"堂弟"……

此信也写了许多家里的生活如何如何困难的情形。其实不写他也想象得到。未脱贫的一个农村，乡亲们的日子还会好过吗？

但此信却又不是封要钱的信，而是说"堂弟"的小儿子早已到了结婚成家的年龄，之所以还迟迟地没娶媳妇，乃因盖不起房子。他家那老屋，拆下的旧木料不是能值三百多元钱吗？希望他写个字据寄给"堂弟"，"声明"那笔钱或那些木料，自己愿主动放弃所有权，无条件地给予"堂弟"……

X老看罢信，当即就用毛笔写了一份"声明"，还郑重其事地盖上了自己的图章，并亲自到邮局去寄了。从老家的旧屋拆下的一点儿木料，乡亲写信来要了去，为因盖不起房子而娶不上媳妇的小儿子盖房子用，能不急乡亲之所急吗？如果不，如果反而要求村里将那些木料代卖了，将钱寄到城里他的名下，那自己还有半点儿人味吗？

第二天他的心情仍受此封信影响，不禁联想到了范仲淹的名句——"先天下之忧而忧，后天下之乐而乐"，怎么也高兴不起来。他在心里对"堂弟"也是对自己说——乡亲们啊乡亲们啊，在你们急需之际，我仅仅给你们一些陈朽的木料是不够的啊！

他瞒着老伴儿，从存折上取出三百元钱有意寄给这一个"堂弟"。可到了邮局，却犹豫起来。犹豫再三，填了二百元的汇款单。倒不是又犯了小气症。这年月，物价涨"毛"。一百元对城市人早已不算多少钱了，对穷苦的农村人可依然有"雪中送炭"的意义啊！他担心的是——若对这一个"堂弟"显得太大方太慷慨了，又白送木料又寄钱的，其他的"堂弟"们心里会不平衡。在自己和"堂弟"们也就是乡亲们之间，造成什么厚薄远近的关系，岂不是反而不美了吗？

寄了二百元后，他内心里才安泰了许多。然而思乡之情，竟由这一个"堂弟"的这一封信，引发得空前之强烈，以至于夜里常梦见给自己的童年留下过许多温馨回忆的家乡的那幢老屋……

一个月之后，X老回到了家乡。确切地说，他其实并没回到家乡，也就是说并没回到他出生的那个小村，也没见到魂牵梦萦的那幢老屋，只在县里住了一夜，第二天便匆匆地打道回府了。

原因是这样的——X老寻根，县里的领导们自然出面。尽管X老在位时的级别不算很高，但革命的资格毕竟在那儿摆着。而且是来自北京哇，而且曾做过的是"京官"哇。"京官"到了地方，仿佛级别便大了三级似的，何况到的是县里。"县官"们的诚惶诚恐毕恭毕敬，自是不必细说了，也自是顺理成章的了，免不了的，是要设宴接风的。

酒过三巡，县长试探地说："X老啊，您这次回家乡，是打算就在县里参观参观，指导指导，还是非回您的出生地不可呢？"

X老被问得不禁一怔。怔过了说——我当然是想回我的出生地看看啦！千里迢迢的，我到了县里就打住，不回村，怎么能算是真正地回家乡了呢？乡亲们过后知道了，也是会挑我的理的呀！

于是县长和县里的一干领导面面相觑。

X老看出了他们有难言之隐，就说如果你们觉得会给你们添麻烦，就不必为我费什么心了。我又不是一个小孩子，又不聋不哑的，不会走失在家乡的地界嘛！

县长和县里的一干领导，便都七言八语地说哪里哪里，添麻烦是谈不上的。不过我们呢，都希望您就在县里参观参观，指导指导，听听我们的汇报算了，何必还非得再往下边去呢？家乡的概念可以是广义的嘛！踏上了家乡的地界，就等于回到了家乡嘛！

X老明白了他们都在企图对他隐瞒什么，于是表情严肃地，郑重地要求他们据实说来。

他们又是一阵面面相觑，最后都将目光集中在县委书记脸上。县委书记干咳了好几声，情知滑是滑不过去了，也就只得字斟句酌地讲了以下的事：

有一条公路要修是真的，公路要从村中经过也是真的。X老家的那幢老屋在路段上，非拆不可，还是真的。公路是由外地的某施工单位从搬迁到修筑承包了的。搬迁是要给搬迁费的。X老家那幢老屋，按合同应得两万余元的搬迁费，而不是拆了就算了……

"两万余元？可我的一个'堂弟'，不，是村里的一个乡亲，给我写的信中根本没提这一节啊！"

X老不禁感到被欺骗了。两万余元，这不同于仅仅价值三百多元的一堆朽木料哇！自己还没大方到将两万余元白送给一个非亲非故的人而毫不在乎的程度哇！两万余元，能保自己安度晚年，而不至于一听物价上涨就心惊肉跳哇！他由于感到被欺骗进而感到愤怒了……

"是啊是啊，X老，您等于被欺骗了，情况我们已经十分清楚了。这么大数目的一笔钱，当时您的许多乡亲都瞪大了眼睛盯着哪。村里的干部们当然不愿这么大数目的一笔钱，落在哪一个与您非亲非故的人手里。所以村里专为此事召开了党支部会。统一了意见，打算以党支部的名义通告您。如果您很需要这一笔钱呢，完全可以寄给您。如果您不那么很需要呢，就希望您能写封回信，声明将钱捐给村里将来盖小学校。可是，一名支委，将支部会议的决定，别有用心地透露给了自己的堂弟，而且提供了您的通信地址。于是那一名别有用心的支委的堂弟，就冒充您本人的堂弟，暗中给您去了一封信。又拿着您的回信，向村干部们要那两万余元钱……"

"可我信上只写着，关于老屋的一切事宜，责成那家伙代办！"

X老不再称曾给他写信的人为"乡亲""堂弟"，而斥之为"家伙"了。

"是啊是啊，您信上是那么写的，您的信我们也都看过。但根据您信上的'一切事宜'和'代办'这些字，人家是有理由向村干部们要钱的啊！"

"混蛋！简直他妈的……是混蛋！"

"是啊是啊，这事做得是够混蛋的。当时村干部们可真为难呀！不给吧，对您的亲笔信显得不够尊重。就给了吧，那家伙明明是乘虚而入嘛！也太便宜他了。村干部们正不知如何对待，有一户人家就急了。十几年前，村里还有人给您写过信吧？"

"对，也自称是'堂弟'……"

"那么就是那一户人家了。那户人家拿出了你十几年前的一封亲笔回信。那封信我们也都看了。比第二封信用词还亲切是不？"

"是……"

"那一封信，开头写的是'亲爱的堂弟'，是不？"

"是……"

"而这一封信，开头写的是'亲爱的乡亲'。"

"都是乡亲！都不是什么'堂弟'！只不过当年……"

"理解。完全理解。人家称您'堂兄'，自称是您'堂弟'，您怎么好意思偏称人家'亲爱的乡亲'呢，那样会伤人家的感情。可这第二封信为什么又不称'亲爱的堂弟'了呢?"

"'堂弟'也罢,'乡亲'也罢,和那两万元钱有什么直接的关系?"

X老此时更关心的,倒是那两万余元钱的去向了。

"那关系可就大了,区别也大了。拿出您第一封亲笔回信的人家,说论亲戚,那该是他们。因为他们和您的亲戚关系,白纸黑字,是您承认了的,而对方不过和您是一般的乡亲关系,白纸黑字,也是涂不了改不了的。那两万余元,更应归亲戚,而不应归乡亲。因为是'乡亲'不是'堂弟'的那一家,显然对您采取的是欺骗手段嘛!于是呢,两家就吵起来了,越吵越凶,村干部们劝解也不顶用。两万余元啊!您也知道的,村里穷,那一笔钱,对农村人,好比天上掉下来的,一百辈子不见得再能遇到的事儿。谁家得到了,谁家就脱了贫啊!结果呢,两家打了起来。您和他们都非亲非故,他们两家可都各有三亲六戚啊!三亲六戚也相帮着打。结果村里就打开了罗圈儿架。结果……结果……给您写第二封信那家人的儿子,被给您写第一封信那家人的儿子,一叉子叉死了。现在是死了一个,判了一个。判的那个也活不多久了,杀人偿命嘛,几天后就该执行了……"

X老听到后来，直听得面色大变，魂飞魄散，目瞪口呆，石人似的。

那为他接风洗尘的宴席，还吃得下去吗？

他推说胃疼，昏头晕脑地离去了……

第二天，X老接受了"县官"们的建议，不坚持回村了。当然，没有参观，也没有指导，也没有再听"县官"们的什么汇报。

他执意乘当天晚上的火车回北京。

县委书记送他上火车时，塞给他一个沉甸甸的大信封。他明白信封里装的是什么，他本不想接的，可自己的心没拗过自己的手……

列车开动后，他双手拿着大信封，意识到自己将是一个虽有家乡却这辈子再也没勇气回的人了。

他悲怆得欲哭……

歌者在桥头

　　我有点儿拿不准该怎么叫他，就是那我见过多次的瘦脸青年。倘在从前，比如一九四九年以前吧，我若叫他卖唱的那是绝对没叫错他的。但我要是那么叫他，则今天一概的歌星们，似乎便也都成了卖唱的了，所以我不愿那么叫他。那么叫他，对他是多么地不敬，而我，起初只不过默默地欣赏他，后来，竟生出一种挥之不去的敬意了。

　　我家附近有条小河，两畔皆公园，对于城市而言，确乎算得上是两处风景区了。一年四季，那里是周边居民流连忘返的地方。尤其从五月至十月的半年，又尤其在傍晚，简直可以用游人如织来形容。小河上有数座桥，其中一座桥被马路贯通，自然车来车往。但桥面并不全都成了马路的路面，马路两旁的人行道也从桥上延伸而过，每一边的人行道都有三米左右宽，于是成了小摊贩们摆摊的宝地。小摊贩们偏偏选择在那儿卖些小东西是有他们的道理的，那儿有公园的一处入口，进出之人络绎不绝。事实上那里是禁止摆摊的，然而我们都知道的，小摊贩们想要赚点儿钱贴补家用的决心都是很坚定的，于是那桥头便成了他们与城管人员的心理博弈之地。某一时期小摊贩们占上风，某一时期城管人员占上风。今年的六七月份，小摊贩们占了上风。就是在那两个月里，我多次见到那位瘦脸青年。

偶尔，我也是喜欢散步的。一日傍晚，我正在河畔走着，忽被一阵歌唱之声吸引。那首歌我十余年前是听过的，当年挺流行，我也很喜欢。但歌名却不记得了。至于歌词，也仅记得一句而已，便是"家中才有美酒才有九月九"。听到久违了又曾喜欢过的歌，我的心情因之一悦。然而我听出不是谁放的录音，分明是有人在用麦克风高唱。并且，依我听来，唱歌的人嗓音不错，唱的水平也几近专业。出于好奇，我循声而去，至桥头，见唱歌的人是一个瘦脸青年。天已经黑了，白天的暑热却一点儿也没降，估计还有三十摄氏度高。一概的人们，皆穿得短而薄。有的男人，着短裤，趿拖鞋，手持大扇，边走边忽搭忽搭地扇。相形之下，那瘦脸的青年，实在是穿得太与众不同了。他穿一套绿军装，非是正规军装，而是摊上买的那种。脚上是一双解放鞋。那是我年轻时春夏秋三季常穿的鞋。在气温三十摄氏度左右的那个晚上，不出汗的脚穿一双解放鞋，一会儿工夫那也会焐出两脚汗来。解放军穿解放鞋，同时是穿吸汗性良好的棉线袜的。他提起裤腿挠了一下脚踝，我见他根本什么袜子也没穿。他头上还端端正正地戴着一顶绿军帽，也非是真正的军帽，同样是摊上买的那种。桥头有路灯，在灯光下，我见他脸颊上淌着汗。他的脸形瘦得使我联想到一个印象深刻的人，一个苏联的青年——保尔·柯察金。他的眼睛也像保尔那双眼睛那么大。帽檐下，那双眼睛被桥头灯的灯光映得亮晶晶的。有灯也罢，无灯也罢，人一过了朝气蓬勃的青春期，眼睛就再也不会那么明亮了。我看不出他是否是一个朝气蓬勃的青年，但他唱得朝气蓬勃，而且，感情饱满：

又是九月九重阳节难聚首，
思乡的人儿漂流在外头。
又是九月九愁更愁情更忧，
回家的打算始终在心头……

我觉得他唱得好极了。

那么，他真的是一个卖唱的青年吗？

真的是。桥面两侧的人行道上聚满了人。看去，大抵都是在北京打工的人，都一动不动地听他唱。那一时刻，除了有车辆从桥上驶过发出声响，除了他在唱歌，可以说周围一片安静。连小贩们，也停止了叫卖。

然而，听他唱歌的人，并没谁丢钱给他。这是他与卖唱者的区别。只有当别人也想唱时，才需付钱给他。于是他将话筒恭恭敬敬地递给别人，之后深鞠一躬，大声说谢谢。说得真挚。桥头停着一辆经过改装的三轮脚踏车，车上是边角严密的铁皮箱，有门可以双开双关；箱内是一台二十几英寸的电视，电视上是卡拉OK装置。别人要点唱什么歌，由他代为调出。他实际上是在出租设备，用他的麦克风，用他的设备唱一首歌两元钱。他所服务的对象是些和他一样的外地青年。他们是进不起北京的歌厅的，但他们既为青年，某时某刻，肯定也会产生唱一首歌的冲动的。他显然了解此点。也显然的，自以为发现了所谓商机。大概，还希望通过这一种亚文艺性的谋生手段掘到第一小桶金吧？他唱，分明是企图通过自己的歌声激发起别人也想唱歌的兴致，但那一个晚上，事实证明他的想法大错特错了。因为他唱得那么好（在我听来唱得那么好），别人在他唱完之后，反倒缺乏勇气当众唱了。只有一个小伙子和一个姑娘向他讨过了麦克风。小伙子勉强唱罢一首，任凭他再三鼓励，怎么也不肯唱第二首了。姑娘连一首也没唱完就将话筒还给他了。他呢，躬也鞠过了，谢也说过了，还将两元钱退给那姑娘了。姑娘不肯接，他硬塞到人家手里了……

我听到有人议论：

"唱得还不赖，可我不喜欢他那身打扮！"

"那叫行头！为了引人注意呗。"

"八成也是为了省钱。可惜没什么公司包装包装他，要是有，不久又多一歌星！"

站在我旁边的居然是两名城管人员，一个年轻，一个中年。

年轻的问中年的："管不管?"

中年人说："该管则管，不该管别管嘛。"

"到底管不管?"

"起码现在先别管。"

两名城管人员一块儿走了。

那歌者，也就是那瘦脸的青年，见冷场了，一时有点儿不知所措。

突然有人高叫："再来一首！"

于是，竟响起一阵掌声。

青年四面鞠躬，接着唱起了李白的《静夜思》：

床前明月光，

疑是地上霜……

他唱出了一种如泣如诉的意味。斯时，一轮明月悬于桥头上空，我见有人不禁地仰起了脸……

那晚，我听他接连又唱了五六首歌才离开。我离开之前，他再没挣到一份儿钱，但掌声又响起了几次……

我回到家，见电视里也有歌星们在唱。他们身着的演出服华美夺目，他们背后的布景红烟紫气，叹为观止。他们都比那桥头歌者唱得好听，可不知为什么，萦绕在我耳畔的，却依然是那桥头歌者的歌声。

连续数日，每晚我都去到那桥头，每晚都能听到那青年歌者唱几首歌。我听到的议论也多了，对那青年歌者的了解也多了。

有人说他会唱一百几十首歌……

有人说他曾当过挖煤工，遭遇塌方，砸伤了腿，而煤窑主逃了，他没获得补偿……

有人说他还在一部什么电视剧中演过一个戏份不少的瘸腿群众角色；但不知何故，那部电视剧一直没播出……

肯向他讨过麦克风唱歌的人竟也渐多，他的生意也就自然好起来了。然而，两元两元地挣钱，好起来了也分明是挣不到几多的。

　　某晚，人们都散去了，他正要蹬上车离开时，我见那两名城管人员又出现了。

　　中年的城管人员问他："挣够路费了吧？"

　　他点头。

　　年轻的城管人员说："'十一'快到了，你还是趁早离开北京吧。以后我们再不管你，我们可就太失职了！"他点头。

　　后来有一天晚上九点多时，下起了一场瓢泼大雨。我伫立家窗前看雨，似乎听到他的歌声。起初我以为自己是在幻听，但他的歌声持续不断，东一句西一句的。我疑惑，推开了窗子。不是似乎，果然是他在唱！

　　　　天上有个太阳，

　　　　水中有个月亮，

　　　　我不知道我不知道我不知道……

　　他唱的还是根据我的小说《雪城》改编的同名电视剧之插曲！

他已不是在唱歌，而是在喊歌。

我不但疑惑，以至于惊诧了。寻到伞，打算到桥头去看究竟。突然的，他的声音中断了。我愣了愣，没出门。

第二天早晨，天气晴好。我怀着满腹疑惑，匆匆走到了那座桥头。桥头已经聚了不少人，围着一地碎玻璃。

人们议论纷纷：

"一掉雨点儿，咱们不都散了吗？就那疯子没走，拽住他非要他再唱。疯子说他如果不唱，自己就跳河。这河水两米来深，疯子真跳下去，那还不淹死啊？……"

"疯子？……"

"那几天总蹲这儿听他唱歌的那个疯子嘛！不少人都注意过那疯子，你没注意过？"

"你也走了，怎么会知道走后的事？"

"我听路对面那杂货铺子的主人说的。他站在门口，把事情经过全看在眼里了！为了那疯子不跳河，他就一直唱。疯子和他，都淋得落汤鸡似的！杂货铺子的主人终于被他唱明白了，赶紧拨打110。可警车来晚了一步，疯子捡块砖砸了他的电视，还把他的头拍出血了……"

……

如今，桥头已被围上了美观的栏杆，摆摊已成严禁之事。

我，也再没见过那瘦脸的、瘸腿的青年歌者。不知他还会不会出现在北京？

　　不知他又在哪一座城市以他那一种方式挣钱？

　　如果确有所谓上帝的话，我愿上帝眷顾于他。

　　上帝岂可抛弃好人？……

贵贱论

人类社会一向需要法的禁束，权的治理。既有权的现象存在，便有权贵者存在，古今中外，一向如此。权大于法，权贵者超于法外，成为人上人。凌驾于权贵者之上的，曰帝，曰皇，曰王。中国古代，将他们比作"真龙天子"。既是"龙"，下代则属"龙子龙孙"。"龙子龙孙"们，受庇于帝者皇者王者的福荫，也是超于法外的人上人。既曰"天子"，出言即法，无敢违者，无敢抗者。违乃罪，抗乃逆，逆尤大罪。不仅中国古代如此，外国亦如此。法在人类社会逐渐形成以后相当漫长的一个历史时期内，仍然如此。中国古代的法曾明文规定"刑不上大夫"。刑不上大夫不是说法不惩处他们，而是强调不必用刑杖拷掠。毕竟，这是中国的古法对知识分子最开恩的一面。外国的古法中明文规定过贵族可以不缴一切税，贵族可以合理合法地掳了穷人的妻女去抵穷人欠他们的债，占有是天经地义的。

但是自从人类社会发展到文明的近现代，权大于法的现象渐趋式微，法高于权的理念越来越成为共识。法律面前人人平等，于是权贵者之贵不似以往。高官乃至首相总统成为被告，早已是司空见惯之事，仅一九九九年不是就发生好几桩吗？法律的权威性，使"权贵"一词与从前相比有了变化。人可因权而尊贵，比如可以入住豪宅，可以拥有专机、卫队；但却不能因权而特殊。他们比一般人更需时时提醒自己——千万别触犯法律。

法保护权者尊贵，限制权者特殊。

所以美国总统们的就职演说，千言万语总是化作一句话，那就是——承蒙信赖，我将竭诚为美国效劳！而为国效劳，其实也就是"为人民服务"的意思。所以日本的前首相铃木善幸就任前回答记者道："我的感觉仿佛是应征入伍。"

因权而特殊，将被视为文明倒退的现象，在当代法制和民主程度越来越高的国家里已经不太可能。因权而尊贵，也要付出相应的代价，其中一项就是几乎没有隐私可言。其实，向权力代理人提供优厚的生活待遇，也体现着一个国家和它的人民，对于所信托的某一权力本身的重视程度，并体现着人民对某一权力本身的评估意识，故每每以法案的方式加以确定。其确定往往证明这样的意义——某一权力的重要性，值得它的代理人获得相应的待遇，只要它的代理人确乎是值得信赖的。

林肯坚决反对因权而特殊。在他任总统后，时常生气地拒绝特殊的待遇。他去了解民情和讲演时，甚至不愿带警卫，结果他不幸被他的政敌们所雇的杀手暗杀。甘地在被拥戴为印度人民的领袖以后，仍居草屋，并在草屋里办公，接待外宾。他是人类现代史上太特殊的一例。他是一位理想的权力圣洁主义者，一位心甘情愿的权力殉道主义者。像他那么意识高尚的人也难免有敌人，他同样死在敌人的子弹之下。他死后被泰戈尔称颂为"圣雄甘地"。

无论因权而尊贵者，还是掌权而放弃特殊待遇者，只要他是竭诚为人民服务的，人民都将爱戴他。但，他们的因权而贵，是不可以贵到人民允许以外去的，更是不可以贵及家人及亲属的。因为后者并非人民的权力信托人。

因贫而"贱"是人类最无奈的现象。但也有某些人断不该因贫而被视为"贱"类，从前他们确曾被权贵者富贵者们蔑称为"贱民"过。我们现在所论的，非他们的人格，而是他们的生存状态。如果他们缺衣少食，如果他们居住环境肮脏，如果他们的子女因穷困而不能受到正常的教育，如果他们生了病而不能得到医疗，如果他们想有一份工作却差不多是妄想，那么，他们的生存状况，确乎便是"贱"的了。我们这样说，仅取"贱"字"低等"的含义。

处在低等生活状态中的民众，他们作为人的尊严却断不可以一概被论为低等。恰恰相反，比如雨果笔下的冉·阿让，他的心灵，比权贵者高贵，比富贵者高贵。

权贵者富贵者与"贱民"们遭遇的"情节"，历史上多次发生过。那是人类社会黑暗时期的黑暗现象，"朱门酒肉臭，路有冻死骨"便是生动的写照。

限制权贵是比较容易的，人类社会在这方面已经做得卓有成效。消除穷困却要困难得多，中国在这方面任重而道远。

约翰逊说："所有证明穷困并非罪恶的理由，恰恰明显地表明穷困是一种罪恶。"

穷困是国家的溃疡。有能力的人们，为消除中国的穷困现象而努力呀！

富贵是幸运。富者并非皆不仁。因富而善，因善而仁，因仁而德贵者不乏其人。他们中有人已被著书而传，已被立碑而纪念。那是他们理应获得的敬意。

相反的现象也不应回避——富贵者或由于贪婪，或因急于跻身权贵者行列，于是以富媚权，傍权不仁，傍权丧德。此时富贵者反而最卑贱。比如《金瓶梅》中的西门庆，去贿相府时就一反富贵者常态地很卑贱。同样，受贿的权贵斯时嘴脸也难免卑贱。

全部人类道德的最高标准非它，而是人道。凡在人道方面堪称榜样的人，都是高贵的人。故我认为，辛德勒是高贵的。不管他是否真的曾是什么间谍，他已然高贵无疑了。舍一己之生命而拯救众人的人，是高贵的。抗洪抢险中之中国士兵，是高贵的。英国王妃戴安娜安抚非洲灾民，以自己的足去步雷区，表明她反战立场的行为，是高贵的。南丁格尔也是高贵的。马丁·路德·金为了他的主张所进行的政治实践，同样是高贵的。废除黑奴制的林肯当然有一颗高贵的心。中国教育事业的开拓者陶行知也有一颗高贵的心。人类历史文化中有许多高贵的人。高贵的人不必是圣人。不是圣人一点儿也不影响他们是高贵的人。有一个误区由来已久，那就是以权、以富、以出身和门第论高贵。

文明的社会不是导引人人都成为圣人的社会。恰恰相反，文明的社会是尽量成全人人都活得自然而又自由的社会。文明的社会也是人心低贱现象很少的社会。一言以蔽之，人心只有保持对于高贵的崇敬，才能自觉地防止它因趋利而鄙而劣，而低贱。我们的心保持对于高贵的永远的崇敬，并不会使我们活得不自然而又不自由。事实上，人心欣赏高贵恰是自然的。反之是不自然的，病态的。事实上，活得自由的人首先是心情愉快的人。

《悲惨世界》中的沙威是活得不自然的人，也是活得不自由的人。他在人性方面不自然，在人道方面不自由，故他无愉快之时。他的脸和目光总是阴沉的。他是被高贵逼死的。是的，没人逼他，他只不过是被高贵逼死的。

贵与贱在社会表征上相对立，在文明理念上相平等。在某些时候，在某些情况下，两者恰恰相反。那是在贵者虚有其表而经不起检验的时候和情况下，在贱者有机会证明自己心灵本色的时候和情况下。权贵对于贫"贱"应贵在责任和使命，富贵相对于贫"贱"应贵在同情和仁爱。贫"贱"的现象相对于卑贱的行为是不应受歧视的。卑贱相对于高贵更显其卑贱。

有资格尊贵的人在权贵和富贵者面前倘巴结逢迎不择手段不遗余力，那就是低贱了。低贱并非源于自卑。因为自卑者其实本能地回避权贵者和富贵者，甚至也回避尊贵者。自卑者唯独不避高贵。因为高贵不是存在于外表和服装后面的。高贵是朴素的，平易的，甚至以极普通的方式存在。比如《悲惨世界》中"掩护"了冉·阿让一次的那位慈祥的老神父。自卑者的心相当敏感，他们靠着自己的敏感嗅辨高贵。当然自卑而极端也会在人心中生出邪恶，那时连对善意地帮助自己的人也会嫉恨。那时善不得善报。低贱是拿自尊去换取利益和实惠时的行为表现。低贱者不以为耻反以为荣，那就是下贱了。

贫"贱"是存在于大地上的问题，所以在大地上就可以逐步解决。

卑贱、低贱、下贱之贱都是不必用引号的，因为都是真贱。真贱是存在于人心里的问题，所以是只能靠自己去解决的问题。

我祈祝在下一个百年里，穷困将从中国的大地上得以消除……

贫富论

苏格拉底、亚里士多德、黑格尔、奥古斯丁、莎士比亚、培根、爱默生、林肯、萧伯纳、卢梭、马克思、罗斯金、罗素、梭罗……

古今中外，几乎一切思想家都思考过贫与富的问题。以上所列是外国的。至于吾国，不但更多，而且最能概括他们立场和观点的某些言论，千百年来，早已为国人所熟知。

都是受命于人类的愿望进行思考的。

从前思考，乃因构成世界上的财富的东西种类欠丰，数量也不充足，必然产生分配和占有的矛盾；现在思考，乃因贫富问题依然是世界上最敏感的问题——尽管财富的种类空前丰富了，数量空前充足了。

这世界上政治的、经济的、军事的、外交的以及改朝换代的大事件，一半左右与贫富问题相关。有时表面看来无关，归根结底还是有关。那些大事件有种种复杂的原因，但阶级与阶级、国与国、民族与民族之间的贫富问题常是幕后锣鼓，事件主题。

贫富悬殊是造成动荡不安的飓风。

经济现象是形成那飓风的气候。

从前那飓风往往掀起暴乱和革命，就像灾难席卷之后发生瘟疫一样自然而然合乎规律。

从前处于贫穷之境无望无助的一部分人，需要比克服灾难和瘟疫大得多的理性，才能克服揭竿而起的冲动。

在动荡不安的年代，连宗教也无法保持其只负责人类灵魂问题的立场。或成为号召信徒的旗帜，或成为被利用的旗帜，比如十字军东征，比如太平天国起义。

一个阶层富到一定的程度，几乎必然产生由其代表人物主宰一个国家长久命运的野心。

那野心是它的放心。

一个国家富到一定的程度，几乎必然产生由其元首主宰世界长久命运的野心。

那野心也是它的放心。符合着这样的一种逻辑——能做的，则敢做。

第一次世界大战以前的世界史满是如此这般血腥的章节。

第一次世界大战的结束其实不是由胜败来决定的，是由卷入大战之诸国的经济问题决定的。严重的经济虚症频频报警，结束大战对诸国来说都是明智的。

二战的起因尤其是世界性的贫富问题引起的，这一点以德日两国最为典型。英美当时的富强使它们既羡慕又自卑。对于德日两国来说，在最短的时间里最快地富强起来的"方式"只有一种。在它们想来只有一种，那是一种凶恶的"方式"。它们凶恶地选择了。

希特勒信誓旦旦地向德国保证，几年内使每户德国人家至少拥有一辆小汽车；东条英机则以中国东北广袤肥沃的土地、无边无际的森林以及丰富的地下资源诱惑日本父母，为了日本将自己的儿子送往军队……

海湾战争是贫富之战。占世界最大份额的石油蕴藏在科威特的领土之下，在伊拉克看来是不公平的……

巴以战争说到底也是民族与民族的贫富之战。对巴勒斯坦而言，没有一个像样的国都便没有民族富强的出头之日；对以色列而言，耶路撒冷既是精神财富，也是将不断升值的有形财富……

柏林墙的倒塌，韩朝的握手，不仅证明着人类统一的愿望毕竟强烈于分裂的歧见，而且证明着希望富强的无可比拟的说服力……

克林顿的支持率始终不减，乃因他是使美国经济增长、指数连年平稳上升的总统……

欧盟之所以一直存在，并且活动频频，还发行了统一的货币欧元，乃因它们认为——在胜者通吃的世界经济新态势前，要在贫富这架国际天平上保持住第二等级国的往昔地位，只有结成联盟才能给自己的信心充气……

阿尔诺德曾说过这样的话："几乎没有人像现在大多数英国人持有这么坚定的信念，即我们的国家以其充足的财富证明了她的伟大和她的福利精神。"

但狄更斯这位英国小说家和萧伯纳这位英国戏剧家笔下的英国可不像阿尔诺德说的那样。

历史告诉我们，"日不落帝国"曾经的富强，与它武力的殖民扩张有直接的因果关系。

阿尔诺德所说的那一种"坚定的信念"，似乎更成了美国人的美国信念而不是英国人的英国信念。美国今日的富强是一枚由投机和荣耀组合成的徽章。从前它靠的是军火，后来它靠的是科技。

一个国家在它的内部相对公平地解决了或解决着贫富

问题，它就会日益在国际上显示出它的富强。哪怕它的先天资源不足以使其富，但是它起码不会因此而继续贫穷下去。

中国便是这样的一个例子。

中国改革开放的最显著的成果，不是终于也和别国一样产生了多少富豪，而是各个城市里都在大面积地拆除溃疡一般的贫民区。

中国是一个正在解决着贫穷人口问题的国家。

否则它根本没有在世界面前夸耀的资本。正如一位子女众多的母亲，仅仅给其中的一两个穿上漂亮的衣裳而炫示于人，其虚荣是可笑的。

对于贫富的问题，先哲们有不同的态度和观点。

耶稣对一位富人说："你若愿意做仁德之人，可去变卖你所有的财富分给穷人。"否则呢，耶稣又说："骆驼穿过针眼，比财主进上帝的国门还容易呢。"

耶稣的话代表着古代人对贫富问题的一种愿望。比之一部分人类后来的"革命"思想，那是一个温和的愿望。比之一部分人类后来在发展生产力以消除贫穷现象方面的成就，那是一个简单又懒惰的愿望。

人类的贫穷是天然而古老的问题。因为人类走出森林住进山洞的时候，一点儿也不比其他动物富有。

一部分人类的富有靠的是人类总体的生产力的提高。

全人类解决贫穷现象还要靠此点。靠富人的仁德解决不了问题。

苏格拉底是多么伟大的思想家啊。可是他告诉他的学生阿德曼托斯：当一个工匠富了以后，他的技艺必大大退化。他以此说明富人多了对人类社会发展的危害。

他的学生当时没有完全接受他的思想，然而也没有反对。

但事实是，一个工匠富了以后，可以开办技艺学校、技艺工厂，生产出更多更好的产品。那些产品吸引和提高着人们的消费，甚至可引领消费时尚。人们为了买得起那些产品，必得在自己的行业中加倍工作……

人类社会基本上是按这一经济规律发展的，因而我们有根据认为苏格拉底错了……

最著名的古典神学者阿奎那不但赞成苏格拉底，而且比苏氏的看法更激烈。他说："追求财富的欲望是全部罪恶的总根源。"

如果人类的大多数真的至今这么认为，那么比尔·盖茨当被烧死一百次了。

但是财富和权力一样，当被某一个人几乎无限地垄断时，即使那人对财富所持的思想无可指责，构成其财富的合法性也还是会引起普遍的不安，深受怀疑。

普通的美国人自然不可能同意阿奎那的神学布道，但是连明智的美国也要限制"微软"的发展。幸而美国对此早有预见，美国法律已为限制留下了依据。

比尔·盖茨其实是无辜的。"微软"其实也没有什么"罪恶"。

是合法的"游戏规则"导演出了罕见的经济奇迹，而那奇迹有可能反过来破坏"游戏规则"。

美国限制的是美国式的奇迹本身。凡奇迹都有非正常性。一个国家的成熟的理性正体现在这里。

培根不是神学权威。但睿智的培根在财富问题上却与阿奎那"英雄所见略同"。连他也说："致富之术很多，其中大多数是卑污的。"

他的话使我们联想到马克思的另一句话——（在资本主义制度之下）资本所积累的每一枚钱币，无不沾染着血和肮脏的东西。

按照培根的话，比尔·盖茨是卑污的。但全世界都不得不承认他并不卑污。

按照马克思的话，美元该是世界上最肮脏的东西了。但是连我们中国人，也开始用美元来计算国家财政的虚实了。而且，一个中国富豪积累人民币的过程，就今天看来，其正派的程度，也许比一个美国人积累美元的过程可疑得多。因为一个中国富豪积累人民币的过程，太容易是与中国的某些当权者的"合作"过程。

任过美国总统的约翰逊说："所有证明贫困并非罪恶的理由，恰恰明显地表明贫困是一种罪恶。"

萧伯纳在他的《巴巴拉少校》的序中则这样说："穷对一个人意味着什么呢？意味着让他虚弱。让他无知。让他成为疾病的中心。让他成为丑陋的展品，肮脏的典型。让他们的住所使城市到处是贫民窟。让他们的女儿把花柳病传染给健康的小伙子。让他们的儿子使国家的男子汉变得有瘰疬而无尊严，变得胆怯、虚伪、愚昧、残酷，具有一切因压抑和营养不良所生的后果……不论其他任何现象都可以得到上帝的宽容，但人类的贫穷现象是不能被宽容的。"

而黑格尔的一番话也等于是萧伯纳的话的注脚。他说："当广大群众的生活低到一定水平——作为社会成员必需的自然而然得到调整的水平——之下，从而丧失了自食其力这种正常和自尊的感情时，就会产生贱民。而贱民之产生同时使不平均的财富更容易集中在少数人手中……"

他还说："贫困自身并不使人必然地成为贱民。贱民只是决定于与贫困为伍的情绪。即决定于对富人，对社会，对政府等的内心反抗。此外，与这种情绪相联系的是，由于依赖偶然性，人变得轻佻放浪、嫌恶劳动。这样一来，在他们中便产生了恶习，不以自食其力为荣，而以恳求乞讨为生并作为自己的'特权'。没有一个人能对自然界主张权力。但是在社会状态中，怎样解决贫困问题，当然是贫困者人群有理由对国家和政府主张的权力……"

怎样回答他们呢？

一八六四年，林肯在《答美国纽约工人联合会》中说："一些人注定的富有将表明其他人也可能富有。这种个人希望过好生活的愿望，在合法的前提下，必对我们的企事业产生巨大的推动力。"

在一切不合法的致富方式和谋略中，赎买权力或与权力相勾结对社会所产生的坏影响是最恶劣的。这种坏影响虽然在中国正遭到打击，但仍相当泛滥。它使我想到，若林肯的话放之今日中国，究竟有多少贫穷的中国人会相信他那番话？

我个人的贫富观点是这样的——我承认财富可以使人生变得舒服，但绝不认为财富可以使人生变得优良。一个瘦小的秃顶的老头儿或一个其貌不扬的男人娶了一位如花似玉的娇妻，那在很大程度上是财富"做媒"。他内心里是否真的确信自己所拥有的幸福，八成是值得怀疑的，对她来说亦如此。财富可以帮助人实现许多欲望，却难以保证每一种所实现的都是健康正常的欲望。

当然，我也绝非那种持轻蔑财富的观点的人。

我一向冷静地轻蔑一切关于贫穷的"好处"的言论。

威廉·詹姆士说："赞美贫穷的歌应该再度大胆地唱起来。我们真的越发地害怕贫穷了，我们蔑视那些选择贫穷来净化和挽救其内心世界的人。然而他们是高尚的，我们是低贱的。"

我觉得他的话即使真诚也是虚假的。

我不认为他所推崇的那些人士全都是高尚的，不太相信贫穷是他们情愿选择的。尤其是，不能同意贫穷有助于人"净化和挽救其内心世界"的观点。我对世界的看法是，与富足相比，贫穷更容易使人性情恶劣，更容易使人的内心世界变得黑暗，而且充满沮丧和憎恨。

我这么认为一点儿也不觉得我精神上低贱。

中国从古至今便有不少鼓吹贫穷的"好处"的"文化"。最虚假可笑的一则故事大约是东汉时期的——讲两名同窗学子锄地，一个发现了一块金子，捡起一块石头似的抛于身后，口中自言自语："肮脏的东西！"——而另一个却如获至宝揣入怀中……

这则故事的褒贬是分明的。中国之文人文化的一种病态的传统，便是传播着对金钱的病态的态度。

但是我们又知道，中国之文人，一向对于自身清贫的自哀自怜以及呻吟也最多。倘未大获同情和敬意，便美化甚至诗化了清贫以自恋。

而我，则一定要学那个遭贬的揣起了金子的人。倘我的黄金拥有量业已多到了无处存放的程度，起码可以送给梦想拥有一块黄金的人。一块金子足可使一户人家度日数年啊！

何况，古文人的"唯有读书高"，最终还不是为了仕途吗？

所谓仕途人生，至少一大部分还不是向往着住豪宅、出马入轿、唤奴使婢，享受俸禄吗？俸禄又是什么呢，金银而已。

我更喜欢《聊斋志异》里那一则关于金子的故事。讲的也是书生夜读，有鬼女以色挑之，识破其伎俩，厉言斥去。又以大锭之金诱之，书生掷于窗外……

明智的人总不能拿身家性命换一夜之欢，一金之财啊。

但若不是鬼女，或虽是，信其意善，则另当别论了。比如我，便人也要，金也要。

还是不觉得自己低贱。

但我对财富的愿望是实际的。

我希望我的收入永远比我的支出高一些，而我的支出与我的消费欲成正比，同时这种消费欲与时尚、虚荣、奢靡无关。

不知从哪一年代开始，我们中国人，惯以饮食的标准来衡量生活水平的高低。仿佛嘴上不亏，便是人生的大福。

我认为对于一个民族，这是很令人高兴不起来的标准。

我觉得就人而言，居住条件才是首要的生活标准。因为贪馋口福，只不过使人脑满肠肥，血压高、脂肪肝、肥胖。看看我们周围吧，年轻的胖子不是太多了吗？

而居住条件的宽敞明亮或拥挤、低矮、阴暗潮湿，却直接影响人的精神状态。

我曾经对儿子说——普通人的生活值得热爱。也许人生最精致的那些幸福，往往体现在普通人的生活情节里。

一对年轻人大学毕业了，不久相爱而结婚了。以他们共同的收入，贷款买下七十平方米居住面积的商品房并非天方夜谭，以后十年内他们还清贷款也并非白日做梦。之后他们有剩余的钱为他们自己和儿女买各种保险。再之后他们退休了，有一笔积蓄，不但够他们养老，还可每年旅游一次。最后，他们双双进入养老院，并且骄傲于不是靠慈善机构的资助……

这便是我所说的普通人的人生。

我知道，在中国，这种"普通人"的人生对百分之九十的当代青年还是可望而不可即的事。但毕竟，对百分之十左右的青年，已非梦想。

　　什么时候百分之十的当代青年已实现了的生活，变成百分之九十的当代青年可以实现的生活，中国就算真的富强了。

　　那时，贫富之话题也就是多余的话题了……

过小百姓的生活

小百姓的生活是近在眼前伸手就够得着的生活。正是这一种生活才是属于我们的。

倘我为马

马的一生像人的一生一样，也有着命运的区别。

军马的一生冲锋陷阵；赛马的一生争强好胜；野马的一生自由奔放；而役马一生如牛，注定了辛劳到死。

法国启蒙运动时期的卓越作家布封，写过大量动物素描的散文，其中著名的一篇就是《马》。

布封这篇散文简直可以说精美得空前绝后。因为对于马，我想，不可能有第二个人比布封写得更好。

布封认为："在所有动物中，马是身材高大而身体各部分又都配合得最匀称，最优美的。"

我也这么认为。

我觉得马堪称动物中的模特。

布封是那么热情地赞美野马。

他写道："它们行走着，它们奔驰着，它们腾跃着，既不受拘束，又没有节制；它们因不受羁勒而感觉自豪，它们避免和人打照面；它们不屑于受人照料，它们能够自己寻找适当的食料；它们在无垠的草原上自由地游荡、蹦跳……所以那些野马远比大多数家马来得强壮、轻捷和遒劲；它们有大自然赋予的美质，就是说，有充沛的精力和高贵的精神……"

是的，如果在对生命形式进行选择时，我竟不幸没了做人的资格，那么我将恳求造物主许我为一匹野马。

成了作家，我在自己智力所及的前提之下，多少领略到了一些自由想象的快乐。

但我对于自由思想的权利的渴望，尤其是对公开表达我的思想的权利的渴望，也是何等之强烈啊！

想象的自由和思想的自由是不一样的。

美国电影《侏罗纪公园》是自由想象的成果，苏联小说《日瓦戈医生》是自由思想的作品。前者赚取着金钱，后者付出了代价。

如果我的渴望真的是奢侈的，那么——就让我变一匹野马，在行动上去追求更大的自由吧！

我知道是野马就难免会被狮子捕食了。

在我享受了野马那一种自由之后，我认野马不幸落入狮口那一种命。

做不成野马，做战马也行。

因为在战场上，战马和战士的关系，使人和动物的关系上升到了一种几乎完全平等的程度。一切动物中，只有战马能做到这一点。它和人一样出生入死，表现出丝毫也不逊于人的勇敢无畏的牺牲精神。"不会说话的战友"——战马能使人以"战友"相视，人对动物，再也没有如此之高的评价。当然，军犬也被人视为"战友"，猎人对猎犬也很依赖。但军犬何曾经历过战马所经历的那一种枪林弹雨炮火硝烟？再大的狩猎场面，又岂能与大战役那一种排山倒海般的悲壮相提并论？

不能如野马般自由地生，何妨像战马似的豪迈地死！

大战前，几乎每一名战士都会情不自禁地对他的战马喃喃自语，诉说些彼此肝胆相照的话。战马那时昂头而立的姿态是那么的高贵。它和人面对面地注视着，眼睛闪烁，目光激动又坦率。

它仿佛在用它的目光说：人，你完全可以信任我，就像信任你自己一样。

在古今中外的战场上，战马舍生救战士的事多多。战士落难，往往还要杀了战马，饮它的血，食它的肉。

人善于分析人的心理，但目前还没有一篇文字，记录过战马将要被无奈的战士刺杀前的心理。

连布封也没写到过。

倘我为战马，倘我也落此下场，倘我后来又有幸轮回为人，我一定将这一点当成我的文学使命写出来……

我相信战马那时是无怨无悔的。虽然，我同时相信，战马也会像人一样感到命运的无限悲怆。

倘我为战马，我也会凝视着战士向我举起的枪口，或刺向我颈脉的尖刀，宽宏又镇定。

因为战斗或战役的胜利，最后要靠战士，而不能指望战马。因为那胜利，乃战士和战马共同的任务。因为既是战马，一定见惯了战士的前仆后继，肝脑涂地，惨伤壮死。

战士已然如此，战马何惧死哉？

在内蒙古电影制片厂优秀导演塞夫的一部电影中，有一段三四分钟之久的长镜头，将几名骑着战马驰骋在草原上的战士的身姿拍摄得令人赞叹不已——

夕阳如血，草原广袤而静谧。斯时人马浑然一体。马在草原上鹰似的飞翔，人在鞍上蝶似的翻转。人仿佛是马的一部分，马也仿佛是人的一部分。人马合二为一，协调着无比优美的律动，仿佛天生便是两种搭配在一起的生命。

我觉得那堪称中国电影史上关于人和马的最经典的

镜头。

战马的生命与战士的生命，既达到过那么密不可分的境界，既相互地完全属于过，战马倘为战士而死，死得其所！死而无憾！

　　车辚辚，马萧萧，行人弓箭各在腰。
　　耶娘妻子走相送，尘埃不见咸阳桥……

无论何时，吟杜工部的《兵车行》，常不禁悲泪潸潸。既为男儿，亦为战马。

战斗结束，若战士荣归，战马生还，战士总会对战马表示一番友爱。

战马此时的神态是相当矜持的。它不会因而得意忘形，不会犬似的摇尾巴。它对夸奖历来能保持高贵的淡然。

这是我尤敬战马的一点。

倘做不成战马，做役马也行。

布封对役马颇多同情的贬义。

他在文中写道："它的教育以丧失自由而开始，以接受束缚而告终；这种动物的奴役和驯养已太普遍、太悠久，以至于我们看到它们时，很少是处在自由状态中。它们在劳动中经常是披着鞍辔的……它们也总是带着奴役的标志，并且还时常带着劳动与痛苦所给予的残酷痕迹：嘴巴被衔铁勒成的皱纹变了形，腹侧留下一道道的疮痍或被马刺刮出一条条的伤疤，蹄子也都被铁钉洞穿了……"

但某些人身上，不是也曾留下劳动者的标志吗？手上的老茧，肩上的死肉疙瘩等等。

只要那劳动对世界是有益无害的，我不拒绝劳动；只要我力所能及，我愿承担起繁重的劳动；只要我劳动时人不在我头顶上挥鞭子，我不会觉得劳动对一匹役马来说是什么惩罚……

正如我不情愿做宠犬，我绝不做那样的一类马——"就是那些奴役状况最和婉的马，那些只为着人摆阔绰、壮观瞻而喂养着的马、供奉着的马，那些不是为着装饰它们本身，却是为着满足主人的虚荣而戴上黄金链条的马，它们额上覆着妍丽的一撮毛，顶鬃编成了细辫，满身盖着丝绸和锦毡。这一切之侮辱马性，较之它们脚下的蹄铁还有过之无不及。"

是的，纵然我为马，我也还是要求一些马性的尊严的。故我宁肯充当役马，也绝不做以上那一种似乎很神气的马。因为我知道，役马还起码可以部分地保留自己的一点儿脾气。以上那一种马，却连一点儿脾气都不敢有。人宠它，是以它应绝对地没有脾气为前提的……

我也不做赛马。

我不喜欢参与竞争，不喜欢对抗式的活动。这也许正是我几乎不看任何体育赛事的主要原因……

马是从不互相攻击互相伤害的动物，它们从来不发生追踏一只小兽或向同类劫夺一点儿东西的事件。

马群是最能和平相处的动物群体。即使在发情期，两匹公马之间，也不至于为争夺配偶而势不两立你死我活。我们都知道的，那样的恶斗，甚至在似乎气质高贵的公鹿之间和似乎温良恭俭让的公野羊之间，也是司空见惯的。

倘我为马，我愿模范地遵守马作为马的种种原则。

我将恪守马性的尊严。

而我最不愿变成的，是希腊神话传说中的人马——要么是人，要么是马，要么什么也不是，请上天干脆没收了我轮回的资格！

爱缘何不再动人

　　少年的我，对爱情之向往，最初由《牛郎织女》的故事而萌发。当年哥哥高一的"文学"课本上便有，而且配着美丽的插图。

　　此前母亲曾对我们讲过的，但因并未形容过织女怎么好看，所以听了以后，也就并未有过弗洛伊德的心思产生。倒是很被那一头老牛所感动。那是一头多无私的老牛啊！活着默默地干活，死了还要嘱咐牛郎将自己的皮剥下，为能帮助牛郎和他的一儿一女乘着升天，去追赶被王母娘娘召回天庭的织女……

　　曾因那老牛的无私和善良落过少年泪。又由于自己也是属牛的，似乎更引起一种同类的相怜。缘此对牛的敬意倍增。并巴望自己快快长大，以后也弄一头牛养着，不定哪天它也开口和自己说起话来。

常梦到自己拥有了那么一头牛……

及至偷看了哥哥的课本，插图中织女的形象就深深印在头脑中了。于是梦到的不再是一头牛，善良的不如好看的。人一向记住的是善良的事，好看的人，而不是反过来。

以后更加巴望自己快快长大，长大后也能幸运地与天上下凡的织女做夫妻。不一定非得是织女姊妹中的"老七"。"老七"既已和牛郎做了夫妻，我也就不考虑她了。另外是她的姐姐或妹妹都成的。她很好看，她的姊妹们的模样想必也都错不了。那么一来，不就和牛郎也沾亲了吗？少年的我，极愿和牛郎沾亲。

再以后，凡是我眼里好看的女孩儿，或同学，或邻家的或住一条街的丫头，少年的我，就想象她们是自己未来的"织女"。

于是常做这样的梦——在一处山环水绕四季如春的美丽地方，有两间草房，一间是牛郎家，一间是我家；有两个好看的女子，一个是牛郎的媳妇，一个是我媳妇，不消说我媳妇当然也是天上下凡的；有两头老牛，牛郎家的会说话，我家那头也会说话；有四个孩子，牛郎家一儿一女，我家一儿一女。他们长大了正好可以互相婚配……

我所向往的美好爱情生活的背景，时至今日，几乎总在农村。我并非一个城市文明的彻底的否定主义者。因而在相当长的一段时期，连自己也解释不清。有一天下午，我在社区的小公园里独自散步，终于为自己找到了答案之一：公园里早晨和傍晚"人满为患"，所以我去那里散步，每每于下午三点钟左右，图的是眼净。那一天下着微微的细雨，我想整个公园也许该独属于我了。不期然在林中走着走着，猛地发现几步远处的地上撑开着一柄伞。如果不是一低头发现得早，不是停步及时，非一脚踩到伞上不可！那伞下铺着一块塑料布，伸出四条纠缠在一起的腿，令我联想到一只触爪不完整的大墨斗鱼。莺声牛喘入耳，我紧急转身悄悄遁去……没走几步，又见类似镜头。从公园这一端走到那一端，凡见六七组矣。有的情形尚雅，但多数情形一见之下，心里不禁骂自己一句："你可真讨厌！怎么偏偏这时候出来散步？"

回到家里遂想到——爱情是多么需要空间的一件事啊！城市太拥挤了，爱情没了躲人视野的去处。近些年城市兴起了咖啡屋，光顾的大抵是钟情男女。咖啡屋替这些男女尽量营造有情调的气氛。大白天要低垂着窗幔，晚上不开灯而燃蜡烛。又有些电影院设了双人座，虽然不公开叫"情侣座"，但实际上是。我在上海读大学时的七十年代，外滩堪称大上海的"爱情码头"。一米余长的石凳上，晚间每每坐两对儿。乡下的孩子们便拿了些草编的坐垫出租。还有租"隔音板"的。其实是普通的一方合成板块，比现如今的地板块儿大不了多少，两对中的两个男人通常居中并坐，各举一块"隔音板"，免得说话和举动相互干扰。那久了也是会累的。当年使我联想到《红旗谱》的下集《播火记》中的一个情节——反动派活捉了朱老忠他们的一个革命的农民兄弟，迫他双手高举一根苞谷秸秆。只要他手一落下，便拉出去枪毙。其举关乎性命，他也不过就举了两个多小时……

上海当年还曾有过"露天新房"——在夏季，在公园里，在夜晚，在树丛间，在自制的"帐篷"里，便有着男女合欢。戴红袖标的治安管理员常常"光顾"之前隔帐盘问，于是一条男人的手臂会从中伸出，晃一晃结婚证。没结婚证可摆晃的，自然要被带到派出所去……

如今许多城市的面貌日新月异。房地产业的迅猛发展，虽然相对减缓了城市人的住房危机，但也同时占去了城市本就有限的园林绿地。就连我家对面那野趣盎然的小园林，也早有房地产商在觊觎着了。并且，前不久已在一端破土动工，几位政协委员强烈干预，才不得不停止。

爱情，或反过来说情爱，如流浪汉，寻找到一处完全属于自己的地方并不那么容易。白天只有一处传统的地方是公园，或电影院；晚上是咖啡屋，或歌舞厅。再不然干脆臂挽着臂满大街闲逛。北方人又叫"压马路"，香港叫"轧马路"，都是谈情说爱的意思。

在国外，也有将车开到郊区去，停在隐蔽处，就在车里亲热的。好处是省了一笔去饭店开房间的房钱，不便处是车内的空间毕竟有限。

电影院里太黑，歌舞厅太闹，公园里的椅子都在明眼处，咖啡屋往往专宰情侣们。

于是情侣们最无顾忌的选择还是家。但既曰情侣，不是夫妻，那家也就不单单是自己的。要趁其他家庭成员都不在的时间占用，于是不免地有些偷偷摸摸苟苟且且……

当然，如今有钱的中国人多了。他们从西方学来的方式是在大饭店里包房间。这方式高级了许多，但据我看来，仍有些类似偷情。姑且先不论那是婚前恋还是不怎么敢光明正大的婚外恋……

城市人口的密度是越来越大了。城市的自由空间是越来越狭小了。情爱在城市里如一柄冬季的雨伞，往哪儿挂看着都不顺眼似的……

相比于城市，农村真是情爱的"广阔天地"呢！

情爱放在农村的大背景里，似乎才多少恢复了点儿美感，似乎才有了诗意和画意。生活在农村里的青年男女当然永远也不会有这种感觉，而认为如果男的穿得像绅士，女的穿得很新潮，往公园的长椅上双双一坐，耳鬓厮磨；或在咖啡屋里，在幽幽的烛光下眼睛凝视着眼睛，手握着手，那才有谈情说爱的滋味儿啊！

但一个事实却是——摄影、绘画、诗、文学、影视，其美化情爱的艺术功能，历来在农村，在有山有水有桥有林间小路有田野的自然的背景中和环境里，才能得以充分地发挥魅力。

艺术若表现城市里的情爱，可充分玩赏其高贵，其奢华，其绅男淑女的风度气质以及优雅举止；也可以尽量地煽情，尽量地缠绵，尽量地难舍难分，但就是不能传达出情爱那份儿可以说是天然的美感来。在城市，污染情爱的非天然因素太多太多。情爱仿佛被"克隆"化了。

比之"牛郎织女""天仙配""梁山伯与祝英台"，《红楼梦》中的爱情其实是没有什么美感的。缠绵是缠绵得可以，但是美感无从说起。幸而那爱情还是发生在"园"里，若发生在一座城市的一户达官贵人的居家大楼里，贾宝玉整天乘着电梯上上下下地周旋于薛林两位姑娘之间，也就俗不可耐了。

无论是《安娜·卡列尼娜》，还是《战争与和平》，还是几乎其他的一切西方经典小说，当相爱着的男女主人公远离了城市去到乡间，或暂时隐居在他们的私人庄园里，差不多都会一改压抑着的情绪，情爱也只有在那些时候才显出一些天然的美感。

麦秸垛后的农村青年男女的初吻，在我看来，的确要比楼梯拐角暗处搂抱着的一对儿"美观"些……

村子外，月光下，小河旁相依相偎的身影，在我看来，比大饭店包房里的幽会也要令人向往得多……

我是知青的时候，有次从团里步行回连队，登上一座必经的山头后，蓦然俯瞰到山下的草地间有一对男女知青在相互追逐。隐约地，能听到她的笑声。他终于追上了她，于是她靠在他怀里了，于是他们彼此拥抱着，亲吻着，一齐缓缓倒在草地上……一群羊四散于周围，安闲地吃着草……

那时世界仿佛完全属于他们两个。仿佛他们就代表着最初的人类，就是夏娃和亚当。

我的眼睛，是唯一的第三者的眼睛。回到连队，我在日记中写下的几句话是：

天上没有夏娃，
地上没有亚当。

我们就是夏娃，

我们就是亚当。

喝令三山五岳听着，

我们来了！……

这几句所窜改的，是一首"大跃进"时代的民歌。连里的一名"老高三"，从我日记中发现了说好，就谱了曲。于是不久在男知青中传唱开了。有女知青听到了，并且晓得亚当和夏娃的"人物关系"，汇报到连里。于是连里召开了批判会。那女知青在批判中说："你们男知青都想充亚当，可我们女知青并不愿做夏娃！"又有女知青在批判中说："还喝令三山五岳听着，我们来了！来了又怎么样？想干什么呀？……"

一名男知青没忍住笑出了声，于是所有的男知青都哈哈大笑。

会后指导员单独问我——你那么窜改究竟是什么意思嘛！

我说——唉，我想，在这么广阔的天地里不允许知青恋爱，是对大自然的一种白白浪费。

……

爱情或曰情爱乃是人类最古老的情感表现。我觉得它是那种一旦固定在现代的框子里就会变得不伦不类似是而非的"东西"。城市越来越是使它变得不伦不类似是而非的"框子",而它在越接近着大自然的地方才越与人性天然吻合。酒盛在金樽里起码仍是酒,衣服印上商标起码仍是衣服。而情爱一旦经过包装和标价,它天然古朴的美感就被污染了。城市杂乱的背景上终日流动着种种强烈的欲望,情爱有时需要能突出它为唯一意义的时空,需要十分单纯又恬静的背景。需要两个人像树,像鸟,像河流,像云霞一样完全回归自然又享受自然之美的机会。对情爱城市不提供这样的时空、背景和机会。城市为情爱提供的唯一不滋扰的地方叫作"室内"。而我们都知道为什么"室内"的门刚一关上,情爱往往迫不及待地进展。

电影《拿破仑传》为此做了最精彩的说明:征战前的拿破仑忙里偷闲遁入密室,他的情人——一位宫廷贵妇正一团情浓地期待着他。

拿破仑一边从腰间摘下宝剑抛在地上一边催促:"快点儿!快点儿!你怎么居然还穿着衣服?要知道我只有半个小时的时间……"

是的,情爱在城市里几乎成了一桩必须忙里偷闲的事情,一件仓促得粗鄙的事情。

所以我常想,农村里相爱着的青年男女们,有理由抱怨贫穷，有理由感慨生活的艰辛。羡慕城里人所享有的物质条件的心情，也当然是最应该予以体恤的。但是却应该在这样一点上明白他们自己其实是优于城里人的，那就是——当城里人为情爱四处寻找叫作"室内"的那一种地方时，农村里相爱着的青年男女们却正可以双双迈出家门。那时天和地几乎完全属于他们的好心情，风为情爱而吹拂，鸟儿为情爱而唱歌，大树为情爱而遮阴，野花为情爱而芳香……

那时他们不妨想象自己是亚当和夏娃，这世界除了相爱的他们还没第三者诞生呢。

我认识一个小伙子，他和一个姑娘相爱已三年了。由于没住处婚期一推再推。

他曾对我抱怨："每次和她幽会，我都有种上医院的感觉。"

我困惑地问他为什么会产生那么一种奇怪的感觉。

他说："你想啊，总得找个供我俩单独待在一起的地方吧？"

我说："去看电影。"

他说："都爱了三年了！如今还在电影院的黑暗里……那像干什么？不是初恋那会儿了，连我们自己都感到下作了……"

我说："那就去逛公园。秋天里的公园正美着。"

他说："还逛公园？三年里都逛了一百多次了！北京的大小公园都逛遍了！"

我说："要不就去饭店吃一顿？"

他说："去饭店吃一顿不是我们最想的事！"

我说："那你们想怎样？"

他说："这话问的！我们也是正常男女啊！每次我都因为要找个供我俩单独待的地方发愁。一旦找到，不管多远，找辆的士就去。去了就直奔主题！你别笑！实事求是，那就是我俩心中所想嘛！一完事儿就彼此瞪着发呆。那还不像上医院吗？起个大早去挂号，排一上午，终于挨到叫号了，五分钟后就被门诊大夫给打发了……"

我同情地看了他片刻，将家里的钥匙交给他说："后天下午我有活动，一点后六点前我家归你们。怎么样？时间够充分的吧？"

不料他说："我们已经吹了，彼此腻歪了，都觉得没劲透了！"

在城市里，对于许多相爱的青年男女而言，"室内"的价格，无论租或买，都是极其昂贵的。求"室内"而不可得，求"室外"而必远足，于是情爱颇似城市里的"盲流"。

人类的情爱不再动人了，还是由于情爱被"后工业"的现代性彻底地与劳动"离间"了。

情爱在劳动中的美感最为各种艺术形式所欣赏。

如今除了农业劳动，在其他一切脑力体力劳动中，情爱都是被严格禁止的，而且只能被严格禁止。流水线需要每个劳动者全神贯注，男女谈笑的劳动情形越来越成为历史。

但是农业的劳动还例外着。农业的劳动依然可以伴着歌声和笑声。在田野中，在晒麦场上，在磨坊里，在菜畦间，歌声和笑声非但不影响劳动的质量和效率，而且使劳动变得相对愉快。

农业的劳动最繁忙的一项乃收获。如果是丰年，收获的繁忙注入着巨大的喜悦。这时的农人们是很累的。他们顾不上唱歌也顾不上说笑了。他们的腰被收割累得快直不起来了。他们的手臂在捆麦时被划出了一条条血道儿。他们的衣被汗水湿透了。他们的头被烈日晒晕了……

瞧，一个小伙子割到了地头，也不歇口气儿，转身便去帮另一垄的那姑娘……

他们终于会合了。他们相望一眼，双双坐在麦铺子上了。他掏出手绢儿替她擦汗。倘他真有手绢，那也肯定是一团皱巴巴的脏手绢儿。但姑娘并不嫌那手绢儿有他的汗味儿，她报以甜甜的一笑……

几乎只有在农业的劳动中，男人女人之间还传达出这种动人的爱意。这爱意的确是美的，既寻常又美。

我在城市里一直企图发现男女之间那种既寻常又美的爱意的流露，却至今没发现过。

有次我在公园里见到了这样的情形——两拨小伙子为两拨姑娘们争买矿泉水。他们都想自己买到的多些，于是不但争，而且相互推挤，相互谩骂，最后大打出手，直到公园的巡警将他们喝止住。而双方已都有鼻子嘴流血的人了。我坐在一张长椅上望到了那一幕，奇怪他们一人能喝得了几瓶冰镇的矿泉水吗？后来望见他们带着那些冰镇的矿泉水回到了各自的姑娘们跟前。原来由于天热，附近没水龙头，姑娘们要解热，所以他们争买矿泉水为姑娘们服务……

他们倒拿矿泉水瓶，姑娘们则双手捧接冰镇矿泉水洗脸。有的姑娘用了一瓶，并不过瘾，接着用第二瓶。有的小伙子，似觉仅拿一瓶，尚不足以显出对自己所倾心的姑娘的爱护有加，于是两手各一瓶，左右而倾……

他们携带的录音机里，那时刻正播放出流行歌曲，唱的是：

我对你的爱并不简单，

这所有的人都已看见。

我对你的爱并不容易，

为你做的每件事你可牢记……

公园里许多人远远地驻足围观着那一幕，情爱的表达在城市，在我们的下一代身上，往往便体现得如此简单，如此容易。

我望着，不禁想到，当年我在北大荒，连队里有一名送水的男知青，他每次挑着水到麦地里，总是趁别人围着桶喝水时，将背在自己身上的一只装了水的军用水壶递给一名身材纤弱的上海女知青。因为她患过肝炎，大家并不认为他对她特殊，仅仅觉得他考虑得周到。她也那么想。麦收的一个多月里，她一直用他的军用水壶喝水。忽然有一天她从别人的话里起了疑心，于是请我陪着，约那名男知青到一个地方当面问他："我喝的水为什么是甜的？"

"我在壶里放了白糖。"

"每人每月才半斤糖，一个多月里你哪儿来那么多白糖往壶里放？"

"我用咱们知青发的大衣又向老职工们换了些糖。"

"可是……可是为什么？"

"因为……因为你肝不好……你的身体比别人更需要糖……"

她却凝视着他喃喃地说："我不明白……我还是不明白……"

而他红了脸背转过身去。

此前他们不曾单独在一起说过一句话。

我将她扯到一旁，悄悄对她说："傻丫头，你有什么不明白的？他是爱上你了呀！"

她听了我这位知青老大哥的话，似乎不懂，似乎更糊涂了，呆呆地瞪着我。

我又低声说："现在的问题是，你得决定怎么对待他。"

"他为什么要偏偏爱上我呢？……他为什么要偏偏爱上我呢？"

她有些茫然不知所措地重复着，随即双手捂住脸，哭了，哭得像个在检票口前才发现自己丢了火车票的乡下少女。

我对那名男知青说："哎，你别愣在那儿。哄她该是你的事儿，不是我的。"

我离开他们，走了一段路后，想想，又返回去了。因为我虽比较有把握地预料到了结果，但未亲眼所见，心里毕竟还是有些不怎么落实。

我悄悄走到原地，发现他们已坐在两堆木材之间的隐蔽处了——她上身斜躺在他怀里，两条手臂揽着他的脖子。他的双手则扣抱于她腰际，头俯下去，一边脸贴着她的一边脸。他们像是那样子睡了，又像是那样子固化了……

同样是水，同样与情爱有关，同样表达得简单、容易，但似乎有着质量的区别。

在中国，在当代，爱情或曰情爱之所以不动人了，还因为我们常说的那种"缘"，也就是那种似乎在冥冥中引导两颗心彼此找寻的宿命般的因果消弭了。于是爱情不但变得简单、容易，而且变成了内容最浅薄、最无意味儿可言的事情。有时浅薄得连"轻佻"的评价都够不上了。"轻佻"纵使不足取，毕竟还多少有点儿意味啊！

一个靓妹被招聘在大宾馆里做服务员，于是每天都在想：我之前有不少姐妹被洋人被有钱人相中带走了，但愿这一种好运气也早一天向我招手……

而某洋人或富人，住进那里，心中亦常动念：听说从中国带走一位漂亮姑娘，比带出境一只猫或一只狗还容易，但愿我也有此艳福……

于是双方一拍即合，相见恨晚，各自遂心如愿。

这是否也算是一种"缘"呢？

似乎不能偏说不是。

是否也配称情爱之"缘"呢？

似乎不能偏说不配。

本质上相类同的"缘"，在中国比比皆是地涌现着。比随地乱扔的糖纸冰棒签子和四处乱扔的烟头多得多，可称之为"缘"的"泡沫"现象。

而我所言情爱之"缘"，乃是一种男人和女人的命数的"规定"——一旦圆合了，不但从此了却种种惆怅和怨叹，而且意识到似乎有天意成全，于是满足和幸福得感激；即便未成眷属，也终生终世回忆着，永难忘怀。于是其情其爱刻骨铭心，上升为直至地老天荒的情愫的拥有，几十年如一日深深地感动着自己。

这一种"缘"，不仅在中国，在全世界，都差不多绝灭了。

唐开元年间，玄宗命宫女赶制一批军衣，颁赐边塞士卒。一名士兵发现在短袍中夹有一首诗：

沙场征戍客，寒苦若为眠。

战袍经手作，知落阿谁边？

蓄意多添线，含情更著绵。

今生已过也，结取后生缘。

这名战士，便将此诗呈告主帅。主帅吟过，铁血之心大恸，将诗上呈玄宗。玄宗阅后，亦生同情，遍示六宫，且传下圣旨："自招而朕不怪。"

于是有一宫女承认诗是自己写的，且乞赐离宫，远嫁给边塞的那名士兵。

玄宗不但同情，而且感动了，于是厚嫁了那宫女。

二人相见，宫女嚬泪道："诗为媒亦天为媒，我与汝结今生缘。"

边塞三军将士，无不肃泣。

试想，若主帅见诗不以为然，此"缘"不可圆；若皇上龙颜大怒，兴许将那宫女杀了，此"缘"即成悲声。然诗中那一缕情，那一腔怜，谁能漠视之轻蔑之呢？尤其"蓄意多添线，含情更著绵"二句，读来感人至深，虽铁血将军而不能不动儿女情肠促成之，虽天子而不能不大发慈悲依顺其愿……

此种"缘"不但动人、感人、哀美，而且似乎具有某种神圣性。

宋仁宗有次赐宴翰林学士们，一侍宴宫女见翰林中的宋子京眉清目秀，斯文儒雅，顿生爱慕之心。然圣宴之间，岂敢视顾？其后单恋独思而已。

两年后，宋子京偶过繁台街，忽然迎面来了几辆皇家车子，正避让，但闻车内娇声一呼"小宋"，懵怔之际，埃尘滚滚，官车已远。

回到住处，从此厌茶厌饭，锁眉不悦，后作《鹧鸪天》云：

> 画毂雕鞍狭路逢，一声肠断绣帘中。身无彩凤双飞翼，心有灵犀一点通。
>
> 金作屋，玉为笼，车如流水马如龙。刘郎已恨蓬山远，更隔蓬山几万重。

此词很快传到宫中，仁宗嗅出端倪，传旨查问。

那宫女承认道："自从一见翰林面，此心早嫁宋子京。虽死，而不悔。"

仁宗虽不悦，但还是大度地召见了宋子京，告以"蓬山不远"，问可愿娶那宫女。

宋子京回答："蓬山因情而远，故当因缘而近。"

于是他们终成眷属。

诗人顾况与一宫女的"缘"就没有上述那么圆满了。有次他在洛阳泛舟于花园中，随手捞起一片硕大的梧桐叶子，见叶上题诗曰：

一入深宫里，年年不见春。

聊题一片叶，寄与有情人。

第二天他也在梧桐叶上题了一首诗：

花落深宫莺亦悲，上阳宫女断肠时。

帝城不禁东流水，叶上题诗欲寄谁？

带往上游，放于波中。

十几日后，有人于苑中寻春，又自水中得一叶上诗，显然是答顾况的：

一叶题诗出禁城，谁人酬和独含情？

自嗟不及波中叶，荡漾乘春取次行。

顾况得知，忧思良久，仰天叹曰："此缘难圆，天意也。虽得二叶，亦当视如多情红颜。"

据说他一直保存那两片叶子至死。

情爱之于宫女，实乃精神的奢侈。故她们对情爱的珍惜与向往，每每感人至深。

情爱之于现代人，越来越变得接近着生意。而生意是这世界上每天每时每刻每处都在忙忙碌碌地做着的。更像股票，像期货，像债券，像地摊儿交易，像拍卖行的拍卖，具有投机性，买卖性，速成性，越来越公开，越来越普遍，越来越司空见惯。而且，似乎也越来越等于情爱本身了。于是情爱中那一种动人的、美的、仿佛天意般的"缘"，也越来越被不少男女理解为和捡钱褡子、中头彩、一锨挖到了金矿是同一种造化的事情了。

我在中学时代，曾读过一篇《聊斋》中的故事，题目虽然忘了，但内容几十年来依然记得——有一位落魄异乡的读书人，殿试之期将至，然却身无分文，于是怀着满腹才学，沿路乞讨向京城而去。一日黄昏，至一镇外，饥渴难耐，想到路途遥遥，不禁独自哭泣。有一辆华丽的马车从他面前经过而又退回，驾车的绿衣丫鬟问他哭什么，他如实相告。于是车中伸出一只纤手，手中拿着一枚金钗，绿衣丫鬟接了递给他说："我家小姐很同情你，此钗值千金，可卖了速去赶考。"

第二年，还是那个丫鬟驾着那辆车，又见着那读书人，仍是个衣衫褴褛的乞丐人，很是奇怪，便下车问他是不是去年落榜了。

他说不是的啊。以我的才学，断不至于榜上无名的。

又问：那你为什么还是这般地步呢？

答曰：路遇知己，承蒙怜悯，始信世上有善良。便留着金钗作纪念，怎么舍得就卖了去求功名啊。

丫鬟将话传达给车内的小姐，小姐便隔帘与丫鬟耳语了几句。于是那车飞驰而去，俄顷丫鬟独自归来，对他说：我家小姐亦感动于你的痴心，再赠纹银百两，望此次莫错过赴考的机会……

而他果然中了举人，做了巡抚。于是府中设了牌位，每日必拜自己的女恩人。

一年后某天，那丫鬟突然来到府中，说小姐有事相求——小姐丫鬟，皆属狐类。那一族狐，适逢天劫，要他那一身官袍焚烧了，才可避过灭族大劫。没了官袍，官自然也就做不成。更不要说还焚烧了，那将犯下杀头之罪。

狐仙跪泣曰：小小一钗区区百银，当初助君，实在并没有图报答的想法。今竟来请求你弃官抛位，而且冒杀头之罪救我们的命，真是说不出口哇。但一想到家族中老小百余口的生死，也只能厚着脸面来相求了。你拒绝，我也是完全理解的。而我求你，只不过是尽一种对家族的义务而已。何况，也想再见你一面，你千万不必为难。死前能再见到你，也是你我的一种缘分啊！……

那巡抚听罢，当即脱下官袍，挂了官印，与她们一起逃走了……

使人不禁想起金人元好问《迈陂塘》中的词句："问世间，情是何物，直教生死相许。"

"直教"二字，后人们一向白话为"竟使"。然而我总固执地认为，古文中某些词句的语意之深之浓之贴切恰当，实非白话所能道清道透道详道尽。某些古文之语意语感，有时真比"外译中"尤难三分。"直教生死相许"中的"直教"二字，又岂是"竟使"二字可以了得的呢？好一个"直教生死相许"，此处"直教"得沉甸甸不可替代啊！

现代人的爱情或曰情爱中，早已缺了这分量，故早已端的是"爱情不能承受之轻"了，或反过来说"爱情不能承受之重"。其爱其情掺入了太多太多的即兑功利，当然也沉甸甸起来了。"情难禁，爱郎不用金"——连这一种起码的人性的洒脱，现代人都不太能做到了。钓金龟婿诱摇钱女的世相，其经验其技巧其智谋其逻辑，"直教"小说家戏剧家自叹虚构的本事弗如，创作高于生活的追求，"难于上青天"也。

进而想到，若将以上一篇《聊斋》故事放在现实的背景中，情节会怎么发展呢？收受了金钗的男子，哪里会留作纪念不忍卖而竟误了高考呢？那不是太傻帽儿了吗？卖了而不去赴考，直接投作经商的本钱注册个小公司自任小老板也是说不定的。就算也去赴考了，毕业后分到了国家机关，后来当上了处长局长，难道会为了报答当初的情与恩而自断前程吗？

如此要求现代人，不是简直有点儿太过分了吗？

依顺了现代的现实性，爱情或曰情爱的"缘"之美和"义"之美，也就只有在古典中安慰现代人叶公好龙的憧憬了。

故自人类进入二十世纪以来，从全世界的范围看，除了为爱而弃王冠的温莎公爵一例，无论戏剧中还是影视文学中，关于爱情的真正感人至深的作品凤毛麟角。

《查泰莱夫人的情人》算一部。但是性的描写远远多于情的表现，也就真得失美了。《廊桥遗梦》也算一部。美国电影《人鬼情未了》是当年上座率最高的影片之一。这后两个故事，其实都在中国的古典爱情故事中可以找到痕迹。我们当然不能认为它们是"移植"，但却足以得出这样的结论——现代戏剧影视文学中关于爱与情的美质，倘还具有，那么与其说来之于现实，毋宁说是来之于对古典作品的营养的吸收。

这就是为什么《简·爱》《红字》《梁山伯与祝英台》《白蛇传》以及《牛郎织女》那样的淳朴的民间爱情故事等仍能成为文学遗产的原因。

电影《钢琴课》和《英国病人》属于另一种爱情故事，

那种现代得病态的爱情故事。在类乎心理医生对现代人的心灵所能达到的深处，呈现出一种令现代人自怜的失落与失贞，无奈与无助。它们简直也可以说并非什么爱情故事，而是现当代人在与"爱"字相关的诸方面的人性病症的典型研究报告。

在当代影视戏剧小说中，爱可以自成喜剧自成闹剧自成讽刺剧自成肥皂剧连续剧，爱可以伴随着商业情节政治情节冒险情节一波三折峰回路转……

但，的的确确，爱就是不感人了，不动人了，不美了。

有时，真想听人给我讲一个感人的、醉人的、美的爱情故事！不论那是现实中的真人真事，抑或纯粹的虚构，都想凝神细听……

过小百姓的生活

——给妹妹的信

妹妹：

　　见字如面。知大伟学习成绩一向优异，我很高兴。在孙女外孙女中，母亲最喜欢大伟。每每说起大伟如何如何疼姥姥，善解人意。我也认为她是个非常懂事的孩子。她学习努力，并且爱学习，不以为苦，善于从学习中体会到兴趣，这一点实在是难能可贵的。因而要由做父母的克服一切生活困难，成全孩子的学志。否则，便是家长的失职。前几次电话中，我忘了问你自己的身体情况了。两年前动那次手术，愈后如何？该经常到医院去复查才是。

　　我知道，你一向希望我调动调动在哈市的战友关系、同学关系，替你们几个弟弟妹妹，转一个经济效益较好的单位，谋一份较稳定的工薪，以免你们的后顾之忧，也免我自己的后顾之忧。不错，我当年的某些知青战友、中学同学，如今已很有几位当了处长、局长，掌握了一定的权力。但我不经常回哈市，与他们的关系都有点儿疏淡了。倘为了一种目的，一次次地回哈市重新联络感情，铺垫友谊，实在是太违我的性情。他们当然对我都是很好的。我一向将我和他们之间的感情、友情，视为"不动产"，唯恐一运用，就贬值了。所以，你们几个弟弟妹妹的某些困难，还是由我个人来和你们分担吧！何况，如今之事，县官不如现管。即便我吞吞吐吐地开口了，他们也往往会为难。有一点是必须明白的——我这样一个写小说的人，与某些政府官员之间，倘论友谊，那友谊也是从前的某种特殊感情的延续。能延续到如今，已太具有例外性。这一种友谊在现实之中的基础，其实是较为薄脆的，因而尤需珍视。好比捏的江米人儿，存在着便是美好的，但若以为在腹空时可以充饥，则大错特错了。既不能抵一块巧克力什么的，也同时毁了那美好。更何况，如说友谊也应具有相互帮助的意义，那么也只有我求人家帮助之时，而几乎没有我能助人之日。我一个写小说的，能指望自己在哪一方面帮助别人呢？帮助既已注定了不能互相，我也就很有自知之明，封唇锁舌，不愿开口求人了。

　　除了以上原因，大约还有天性上的原因吧。那一种觉得"上山擒虎易，开口求人难"的天性，我想一定是咱们的父亲传给我的。我从北影调至儿影，搬家我没求过任何一个人。是靠了自行车、平板车，老鼠搬家似的搬了一个多星期。有天我一个人往三楼用背驮一只沙发，被清洁工赵大爷撞见，甚为愕异。后来别人告诉我，他以为我人际关系太恶，连个肯帮自己搬家的人都找不到。当然，像我这么个性极端了，也不好。我讲起这件事，是想指出——哈尔滨人有一种太不可取的"长"处，那就是几乎将开口求人根本不当一回事儿。本能自己想办法解决的事，也不论值不值得求人，哪怕刚刚认识，第二天就好意思相求。使对方犯难自己也不在乎，遭到当面回绝还不在乎。总之仿佛是习惯，是传统。好比一边走路一边踢石头，碰巧踢着的不是石头，是一把打开什么锁的钥匙，则兴高采烈。一路踢不着一把钥匙，却也不懊恼，继续一路走一路踢将下去。石头碰疼了脚，皱皱眉而已。今天你求我，明天我求你，非但不能活得轻松，我以为反而会活得很累。

　　我主张首先设想我们在生活中所遇到的困难，是没有任何人可求、任何人也帮不上忙的，主张首先自己将自己置于孤立无援的境地。而这么一来，结果却很可能是——

我们发现，某些困难，并非像我们估计的那么不可克服。某些办成什么事的目的，即使没有达到，也并非像我们估计的那么损失严重。我们会发现，有些目的，放弃了也就放弃了。企望怎样而最终没有如愿，人不是照活吗？我常想，我们的父亲，一个闯关东闯到东北的父亲，一个身无分文只有力气可出卖的山东汉子，当年遇到了困难又去求谁啊！我以为，有些时候，有些情况下，对于小百姓而言，求人简直意味着是高息贷款。我此话不是指求人时要给人好处，所谓付出的利息往往是指人的志气。没了这志气，人活着的状态，往往便自行地瘫软了。

妹妹，为了过好一种小百姓的生活而永远地打起精神来！小百姓的生活是近在眼前伸手就够得着的生活。正是这一种生活才是属于我们的。牢牢抓住这一种生活，便不必再去幻想别的某种生活。最近我常想，这地球上的绝大多数人，其实都在各个不同的国家，各种不同的生活水平线上，过着小百姓的生活。生活中最不可或缺的，我以为乃是"温馨"二字。没有温馨的生活，那还是生活吗？温馨是某种舒适，但又不仅仅是舒适。许多种生活很舒适，但是并不温馨。温馨是一种远离大与奢的生活情境。一幢豪宅往往只能与富贵有关。富贵不是温馨。温馨往往属于一种小的生活情境。富人们其实并不能享受到多少温馨。

他们因其富，注定要追求奢侈追求华靡。而温馨甚至可以是在穷人的小破房里呈现着的生活情境，温馨乃是小百姓的体会和享受。我说这些，意思是想强调——房子小一点儿没关系，只要小百姓主人勤快，收拾得干干净净就好。工资收入低一点儿没关系，只要小百姓自己善于节俭持家就好。只要小百姓善于为了贴补生活再靠诚实的劳动挣点钱就好，哪怕是双休日在家里揽点儿计件的活儿。在小的住房里，靠低的工资，勤勤快快，节节俭俭，和和睦睦地生活，即为小百姓差不多都能把握得住的温馨日子，小百姓的幸福生活。这样的生活，绝对是我们想过上便能过上的。还记得我们小时候，将一个破家粉刷得多亮堂，收拾得多干净啊！每查卫生，几乎总得红旗。我们小时候，家里的日子是多么的困难，但不也有许多温馨的时候吗？

在物质生活方面，我是一个绝对的胸无大志之人。但愿你们也是。不要说小百姓只配过小日子的沮丧话，而要换一种思想方法，多体会小百姓的小日子的某些温馨。并且要像编织鸟一样，织一个小小的温馨的家，将小百姓的每一个日子，从容不迫地细细地品咂着过。你千万不要笑我阿Q精神大发扬。这不是在用阿Q精神麻痹你，而是在教你这样一个道理——任何情况之下，只要不是苦役式的命运、完全没有自由的生活，那么人至少可采取两种不同的生活态度，至少可实际地选择两种不同的生活——积极的态度和消极的态度，较乐观的生活和非常沮丧的生活。而这也就意味着在同一情况之下获得两种不同的生活质量。

哈市国有企业的现状是严峻的，令人担忧的。东三省大多数国有企业的现状都是严峻的，这是一个艰难时代。对普通的国有企业的工人来说尤其艰难，据我看来，绝非短时期内能全面改观。国家有国家的难处，这难处不是一位英明人物或一项英明决策所能一朝解决的。这个体制的负载早已太沉重了。从前中国工人的活法是七分靠国家，三分靠自己，现在看必须反过来了，必须七分靠自己，三分靠国家了。那三分，便是国家对国有企业的工人阶级的责任。它大约也只能负起这么多责任了。这责任具有历史性。

既然必须七分靠自己了，你打算怎样，该认真想想。你来信说打算提前退休或干脆辞职。我支持。这就等于与自己所依赖惯了的体制彻底解除"婚约"了。这需要很大的勇气，因为你毕竟有别于年轻人。而且得明白，那体制不会像一个富有的丈夫似的，补偿你什么。届时你的心态应该平衡，不能被某种"吃了大亏"的想法长久纠缠住。而最主要的，是你做出决定前必须有自知之明，反复问自己什么是想干的，什么是能干的，在想干的和能干的之间，做出符合实际的选择。

　　总之，你一旦决定了，遇到困难，二哥会尽全力周济帮助的。

　　过些日子，我会嘱出版社寄一笔稿费去的。

　　抽时间去医院看望大哥。

　　今天，我集中精力写信。除了给你们三个弟弟妹妹写信，还要抓紧时间再写几封。告诉大伟，说二舅问她好。也替我问春雨好，嘱他干活注意安全。

　　余言后叙。

　　　　　　　　　　　　　　兄　晓声

羞于说真话

一生没说过假话的人肯定是没有的。

故我认为尽量说真话，争取多说真话，少说假话，也就算好品质了。

何况我们有时说假话，目的在于息事宁人。有时真话的破坏性，是大于假话的。这个道理我们都很明白。

但如果人人习惯于说假话，则生活就会真假不分了。

然而我却越来越感到说真话之难，并且说假话的时候越来越多。仿佛现实非要把我教唆成一个"说假话的孩子"不可。

说真话之难，难在你明明知道说假话是一大缺点，却因这一大缺点对你起到铠甲的作用，便常常宽恕自己了。

只要你的假话不造成殃及别人的后果，说得又挺有分寸，人们非但不轻蔑你，反而会抱着充分理解充分体谅的态度对待你。因此你不但说了假话，连羞耻感也跟着丧失了。于是你很难改正说假话的缺点，甚至渐渐麻木了改正它的愿望。最终像某些人一样，渐渐习惯了说假话。你须不断告诫自己或被别人告诫的，是说假话的技巧如何，而说真话还是说假话的选择倒变得毫无意义了似的。

记得我小的时候，家母对我的第一训导就是——不许撒谎。

因为撒谎，我挨过母亲的耳光。

因为撒谎，母亲曾威逼着我，去请求受我骗的人原谅，并自己消除谎话的影响。

"文化大革命"中，我学会了撒谎。倒也没什么人什么势力直接压迫我撒谎，更主要的是由于撒谎和虔诚连在了一起。说学会了也不太恰当，因为没人教，就算无师自通吧。

有一天我和同学中的好朋友从学校走在回家的路上，谈起了"林副统帅与毛主席井冈山会师"。

我说："是朱德嘛！怎么成林副统帅了？咱们小学六年级的历史书上，明明写的是朱德对不对？"——因朱总司令已上了"百丑图"，我们提到他时，都将"总司令"三字省略了，直呼其名。

同学说："那是被颠倒的历史。被颠倒的历史现在重新颠倒过来嘛！"

我说："那也不对呀，林彪当时才是连长呀！"

同学说："那也是被颠倒的历史，现在也应该重新颠倒过来嘛！"

我说："当年咱们又不在红军的队伍中，咱们怎么能知道那真是被颠倒的历史呢？"

同学说："当年咱们又不在红军的队伍中，咱们怎么能知道那不是被颠倒的历史呢？咱们左右都是不知道，将来再颠倒一次，也不关咱们的事儿！"

正是从那一天始，我和我的那一个同学，将撒谎和虔诚分开了。难免继续说谎话，但已没了虔诚。

前几年，有个外国朋友，问我在"文化大革命"中说假话时有何感想。

我回答："明明在说假话而不得不说，我是这样安慰自己——反正人一辈子总要说些假话，赶上了亿万群众轰轰烈烈都说假话的年代，把一辈子可能说的假话，一块都在这个年代里说了吧！这个年代一过去，重新做人，不再说假话就是了。"

外国朋友又问："那么梁先生从粉碎'四人帮'以后，

再没说过假话了？"

问得我不由一怔。

犹豫片刻，我说出一个字是："不……"

我因自己没有失掉一次说真话的机会，对自己又满意又悲哀。

外国朋友流露出肃然起敬、钦佩之至的表情。

我赶紧说："我说'不'的意思，是我没有做到不说假话。"

我想，如果我不解释，我说的这一个字的真话，实际上岂不又成了假话吗？

外国朋友也不由一怔。

她问："那又是因为什么？"

我说："一方面，我感到并不是所有的地方都已经有了一个维护真话的良好环境。另一方面，大概要归咎于我们有说假话的后遗症。"

她问："报纸、广播，不少宣传手段，不是都曾被调动起来，提倡、鼓励和表扬说真话吗？"

我说："这恰恰证明假话之泛滥是多么严重啊。倘若说真话须郑重地提倡、鼓励和表扬，细想想，不是有点可悲吗？"

她问："妨碍说真话的根源，主要是政治吧？"

我说："那倒不尽然。在党内，将说真话作为对党员的最基本要求一提再提，足见共产党是多么希望党员们都说真话。我不是党员，但对此确信不疑。而我感到，社会上，似乎弥漫着将说假话变成一种社会风气的怡然之风。"

她不懂"怡然"二字何意。

我请她想象小孩子玩"到底谁骗谁"这一种纸牌游戏获胜时的洋洋自得。

她说："梁先生，可是据我所知，你被认为是一个坚持说真话的人啊！"

我说："我当然坚持说真话。'坚持'并不是一个轻松的词。况且我常常坚持不住。在上下级关系方面，在社交方面，在工作责任感方面，在一心想要做好某件事的时候，在根本不想做某件事的时候，有不少因素迫使你就范，不得不放弃说真话的原则，改变初衷，而说假话。常常是，某些时候某些方面有困难有问题，你说了假话，困难和问题就迎刃而解了。你说了真话，困难就更是困难，问题就更是问题了。我说过多少假话只有我自己最清楚。我仅仅在某些时候某些场合说过一些真话，人们就已经觉得我有值得尊重的一面，可见说真话在我们的生命中到了必须认真提倡的程度。"

她注视着我，似能理解，又似不太能理解。

……

后来，我和一位友人又讨论起说真话的问题。是的，我们是当成一个问题来讨论的，而且讨论得挺严肃。

我又回忆起我小时候因为撒谎，使得母亲怎样伤心哭泣，以至于怎样打了我一记耳光，并对我进行过的撒谎可耻的教诲……

我讲到我的已经七十多岁的老母亲，如今怎样仍把我当成一个小孩子似的，耳提面命，谆谆告诫我："傻儿子，你竟为什么非说真话不可呢？该说假话你不说假话，你岂不是不见棺材不落泪，不碰南墙不回头吗？你已经四十出头的人了，还让妈为你操心到多大岁数呢？"

友人默想良久，严肃而又认真地说："你母亲是对的。"

我问："你是说我母亲从前对，还是说我母亲现在对？"

他说："你母亲从前对，现在也对。"

我糊涂至极。

他诲人不倦地说："撒谎是可耻的，这毋庸置疑。所以我说你母亲从前是对的。但说假话并不等于就是撒谎。甚至，和撒谎有本质的区别。"

这一点，我的确没思索过。

我一向简单地认为，撒谎——说假话——乃是同性质的可耻行径。

于是我洗耳恭听。

于是友人娓娓道来："撒谎，目的在于骗人，在于使人上当而后快，是行为。行为，听明白了吗？撒谎之后果必然造成他人的损失，起码是情绪或情感伤害。更严重的，造成他人利益损失。所以正派人是不应该撒谎的。而说假话，不过心口不一而已。心口不一不是严格意义上的行为概念。通常情况之下体现为态度问题。一个人对于任何一件事，有表明自己真态度的权利，也有说假话的权利。听明白了，说假话是人的权利之一。假话是否使对方信以为真，以及在多大程度上影响了对方，责任完全在对方。因为任何人都有不相信假话的权利。谁叫你相信的呢？举一例子，我们小学都学过《狼来了》这篇课文，那个撒谎的孩子之所以应该谴责，不可取，是因为他以主动性的行为，诱使众多的人上当受骗。如果你一个同事告诉你，他在西单商场买了一件价格便宜的上衣，并用花言巧语怂恿你去买，你果然去了，没有那种上衣出售，或虽有，价格并不便宜，是谓撒谎，很可恶。但是，说假话的人之所以说假话，往往是被动的选择，通常情况是这样的——一个人指着一个茶杯问你——造型美观吗？你认为不。但你看出了对方在暗示你必须回答美观极了，于是你以假话相告。你又何必因说了假话而内疚呢？如果对方具有问你的权利，你连保持沉默的权利也没有，而对方又问得声色俱厉，带有警告的意味，你更何必因说了假话而内疚呢？如果对方信了你的话，那么对方只配相信假话。如果对方根本不信你的假话，却满意于你说假话，分明是很乐意地把假话当真话听，可悲的是对方，应该感到羞耻的也是对方。对应该感到羞耻而不感到羞耻的人，你犯得着跟他说真话吗？老弟，你看问题的方法，带有极大的片面性。你只看到人们在生活中说假话的一面，似乎没有看到生活中有多少人喜欢听假话，早已习惯于把假话当作真话听。他们以很高的技巧，暗示人们说种种假话，鼓励人们说种种假话，怂恿人们说种种假话，甚至维护种种假话。他们乐于生活在假话造成的氛围之中。他们反感说真话的人。因为真话常使他们觉得煞风景，觉得逆耳。一万个人或更多的人心口不一他们根本不在乎。他们要的是一致的假话而轻蔑一致的人心。正是这样一些人的存在，使假话变成了似乎可爱的现象。所以，与其惩罚说假话的人，莫如制裁爱听假话的人。因为少了一个爱听假话的人的同时，也许就少了一批爱说假话的人。人们变得不以说假话为耻，首先是由于有些人变得以听假话为荣啊！另外，老弟，因为咱俩是朋友，我向你提几个问题，你坦率回答我……"

我似乎茅塞顿开，有所省悟，又似乎更加糊涂，如堕五里雾中，只说："请讲，请讲。"

"你说真话时，是不是感觉到一种人的尊严?"

我说是的。

"当别人都说假话时，你偏想说真话，以说真话而与众不同，并且换取尊重，这是不是一种潜意识方面的自我表现欲在作祟呢?"

我从未分析过自己说真话时的潜意识，倒是常常分析自己说假话时的潜意识。尽管我似乎觉得"作祟"二字亵渎人说真话时自然、正常而又正派的冲动，但也同时尊重潜意识之科学理论。犹豫了一下，我点了点头。

"难道出风头就比说假话好到哪里去吗?"

"强词夺理!……"我终于按捺不住内心的气愤了。

友人自然是不屑与我斗气的，友人嘛。

他笑曰："瞧你瞧你。也听不得真话不是? 一听真话也羞也恼也要跳不是? 能听得进真话并不是舒服的事哩，是一种特殊的，有时甚至非强制而不能自觉的训练啊!"

一番话，倒真把我说得虽恼羞而又不好意思成怒了。友人谈锋甚健，又道："你不要以为别人不说真话，便一定是怎样地见风使舵。其实，不屑于说真话而已。与人家的不屑于相比，你自己足令大智若愚者叹息罢了!"

友人辞去，我陷入前所未有的困惑。

后来，我又向几个惯常说假话，却又稍能与我推心置腹的人请教。

皆答曰：

懒得说真话。

何必说真话？

说真话，图什么？

我相信他们对我说的话句句是真话，所谓酒后吐真言。为了这样一些真话，我奉献出了几瓶真的而不是假的好酒，还有佐酒菜。

从此，我观察到，假话是可以说得很虔诚，很真实，很潇洒，很诙谐，很郑重，很严肃，很正确，很令人感动，很精彩，很精辟的。

从此，每当我产生说真话的冲动，竟有几分羞于说真话的腼腆，在意识——当然潜意识中作梗了！

后来我做过一个梦：我因十二条大罪被判十二年死刑。我望着法官们的面孔，觉得他们一个个似曾相识。我看出他们明知所有大罪都是无中生有，但他们一个个以假话把它说成是真的。他们那些假话同样说得水平很高，包容了我从生活中观察到的一切形式完美的假话之最……

我忍无可忍咆哮公堂，大喝一声——可耻！

于是我醒了。

我愿人人都做我做过的这个梦。那么人人都将不难明白，仅仅为了自己，也断不该欣赏假话，将说假话的现象，营造成生活中氤氲一片的景致。

　　在非说假话不可的无奈情况之下，就我想来，也还是以不完美的假话稍正经些。

　　不完美的假话仍保留着几分可矫正为真话的余地啊！

花儿与少年

有一少年，刚上小学六年级。班主任老师多次对他妈妈说："做好思想准备吧，看来你儿子考上中学的希望不大，即使是一所最最普通的中学。"

同学们也都这么认为，疏远他，还给他起了个绰号"逃学鬼"。

是的，他经常逃学。有时候他妈妈陪他去上学，直至望得见学校了才站住，目送他继续朝学校走去。那时候他妈妈确信，那一天他不会逃学了。

那一天他竟又逃学了。

他逃学的原因是多方面的，最主要的原因是贫穷。贫穷使他交不起学费，买不起新书包。都六年级了，他背的还是上小学一年级时的书包。对于六年级学生，那书包太小了。而且，像他的衣服一样，补了好几块补丁。这使他自惭形秽。他的自尊心极其敏感，那样的自尊心太容易受伤。往往是，其实并没有谁成心以言行伤害他，但是他却已经因为别人的某句话，某种眼神或某种举动，而遭暗算了似的。自卑而又敏感的自尊心，通常总是那样的。处在他那种年纪，很难悟到问题出在自己这儿。

妈妈向他指出过的。

妈妈不止一次说："家里明明穷，你还非爱面子！早料到你打小就活得这么不开心，莫如当初不生你。"

老师也向他指出过的。

老师不止一次当着他的面在班上说："有的同学，居然在作文中写，对于别人穿的新鞋子如何如何羡慕。知道这暴露了什么思想吗？……"

在一片肃静中，他低下了他的头——他那从破鞋子里戳出来的肮脏的大脚趾，顿时模糊不清了……

妈妈的话令他产生罪恶感。

老师的话令他反感。

于是他曾打算以死来向妈妈赎罪。

于是他敌视老师，敌视同学，敌视学校。

某日，他又逃学了。

他正茫然地走在远离学校的地方，有两个大人与他对面而过。他们是一男一女，一对新婚夫妻。他们正在度婚假。事实上，他们才二十多岁，是青年。但在小学六年级学生眼里，他们当然是大人了啰!

他听到那男人说:"咦，这孩子像是我们学校的一名学生!……"

他听到那女人说:"那你问问他为什么没上学呀?"

他正欲跑，手腕已被拽住。

那男人说:"我认得你!"

而他，也认出了对方是自己学校的少先队辅导员老师，姓刘。刘老师在学校里组织起了小记者协会，他曾是小记者协会的一员……

那一时刻，他比任何一次无地自容的时刻，都备感无地自容。

刘老师向新婚妻子郑重地介绍了他，之后目光温和地注视着他，请求道:"我代表我亲爱的妻子，诚意邀请你和我们一起去逛公园。怎么样，肯给老师个面子吗?"

他摇头，挣手，没挣脱。不知怎么一来，居然又点了点头……

在公园里，小学六年级学生的顺从，得到了一支奶油冰棒作为奖品。虽然，刘老师为自己和新婚妻子也各买了一支，但他还是愿意相信受到了奖励。

那一日公园里人很少。那只不过是一处山水公园，没有禽兽，即或有，一个"逃学鬼"也没好心情看。

三人坐在林间长椅上吮奶油冰棒，对面是公园的一面铁栅栏，几乎被爬山虎的藤叶完全覆盖住了。在稠密的似鳞片的绿叶之间，喇叭花散紫翻红，开得热闹，色彩缤纷乱人眼。

刘老师说，仍记得他是小记者时，写过两篇不错的报道。

他已经很久没听到过称赞的话了，差点儿哭了，低下头去。

待他吃完冰棒，刘老师又说，老师想知道喇叭花在还是骨朵的时候，究竟是什么样的，你能替老师去仔细看看吗？

他困惑，然而跑过去了。片刻，跑回来告诉老师，所有的喇叭花骨朵都像被扭了一下，它们必须反着那股劲儿，才能开成花朵。

刘老师笑了，夸他观察得认真。说喇叭花骨朵那种扭着股劲儿的状态，是在开放前自我保护的本能。说花骨朵基本如此。每一朵花，都只能开放一次。为了唯一的一次开放，自我保护是合乎植物生长规律的。说花瓣儿越多的花，骨朵越大，也越硬实。是一瓣包一瓣，一层包一层的结果。所以越大越硬的花骨朵，开放的过程越给人以特别紧张的印象。比如大丽花、牡丹、菊花，都是一天几瓣儿开成花儿的。说若将人比作花，人太幸运了。花儿开好开坏，只能开一次。人这一朵花，一生却可以开放许多次。前一两次开得不好不要紧，只要不放弃开好的愿望，一生怎么也会开好一次的。刘老师说他喜欢的花很多。接着念念有词地背诗句，都和花儿有关。"疏花个个团冰雪，羌笛吹他不下来"——说他喜欢梅花的坚毅；"海棠不惜胭脂色，独立蒙蒙细雨中"——说他喜欢海棠的高洁；刘老师说他也喜欢喇叭花，因为喇叭花是农村里最常见的花，自己便是农民的儿子，家贫，小学没上完就辍学了，是一边放猪一边自学才考上中学的……一联系到人，他听出，教诲开始了，却没太反感。因为刘老师那样的教诲，他此前从未听到过。

刘老师却没继续教诲下去，话题一转，说星期一，将按他的班主任的要求，到他的班级去讲一讲怎样写好作文的问题……

他小声说，从此以后，自己决定不上学了。

老师问：能不能为老师再上一天学？就算是老师的请求。明天是星期六，你还可以不到学校去。你在家写作文吧，关于喇叭花的。如果家长问你为什么不上学，你就说在家写作文是老师给你的任务……

他听到刘老师的妻子悄语："你不可以这样……"

他听到刘老师却说："可以。"

老师问他："星期六加星期日，两天内你可以写出一篇作文吗？我星期一第三节课到你们班级去，我希望你第二节课前把作文交给我。老师需要有一篇作文可分析、可点评，你为老师再上一天学，行不？"

老师那么诚恳地请求一名学生，不管怎样的一名学生，都是难以拒绝的啊！

他沉默许久，终于吐出一个勉强听得到的字："行……"

他从没那么认真地写过一篇作文，逐字逐句改了几遍。

当妈妈谴责地问他到点了怎么还不去上学时，他理直气壮地回答："没看到我在写作文吗？老师给我的任务！"

星期一，他鼓足勇气，迈入了学校的门，迈入了教室的门。

他在第一节课前，就将作文交给了刘老师。

他为作文起了个很好的题目——"花儿与少年"。

他在作文中写到了人生中的几次开放——刚诞生，发出第一声啼哭时是开放；咿呀学语时是开放；入小学，成为学生的第一天是开放；每一年顺利升级是开放；获得第一份奖状更是心花怒放的时刻……

他在作文中写道：每一朵花骨朵都是想要开放的，每一名小学生都是有荣誉感的。如果他们竟像开不成花朵的花骨朵，那么，给他一点儿表扬吧！对于他，那等于水分和阳光呀！……

老师读他那一篇作文时，教室里又异乎寻常地肃静……

自然，他后来考上了中学。

再后来，考上了大学。

再再后来，成为某大学的教授，教古典诗词。讲起词语与花，一往情深，如同讲初恋和他的她……

我有幸听过他一堂课，和莘莘学子一样极受感染。

去年，他退休了。

他是我的友人。一个温良宽厚之人。

他那一位刘老师，成为我心目中的马卡连柯。

朋友，你知道曾有一本苏联的小说叫《教育的诗篇》吗？

要求每一位老师都是马卡连柯，那太过理想化了。但，每一位老师的教学生涯中，起码有一次机会可以像马卡连柯那样。那么，起码有一名他的学生，在眼看就要是开不成花朵的花骨朵的情况下，却毕竟开放成花朵了。

即使一个国家解体了，教育的诗性那也会常存，因为人类永远需要那一种诗性……

我与文学

我从读中确乎受益匪浅。书对我的影响，少年时大于青年时，青年时大于现在。

"藏"书断想

我对书籍的收藏是纯粹意义上的收藏——"收"就是从书架上请下来，爱惜地放入纸箱；"藏"则是对更爱惜的书的优待，用订书机订在大信封里，大信封再装进塑料袋里……

几天前在整理书籍时，从"藏"的那一类中，发现了一册《连环画报》，一九八六年第十一期。

心里好生纳闷——怎么一册《连环画报》竟混淆进了我的"藏"书范畴？于是抽出搁置一边……

临睡失眠，想起那册《连环画报》，自己对自己的困惑尚未解除，就躺着翻阅起来。自然先看目录——首篇是《只知道这么多》——土人绘。

《只知道这么多》——哪像是文学作品呢？搜索遍记忆，更排除在名著以外。非文学更非名著，怎么就选作首篇了呢？

于是翻到了这一篇，迫切地想知道《只知道这么多》能使我知道些什么……

第二十八页，彩页的最后一页——海蓝色的衬底，上一幅，下一幅，其间两小幅，以最规矩的版式排满了四幅连环画。第一幅上画的是在海啸中倾沉着的一艘客轮。第四幅上画的是一个年轻的欧洲姑娘——她回首凝视，目光沉静又镇定，表情庄重，唯唇角挂着一抹若有若无的微笑，传达出心灵里对他人的友爱和仁慈……我一下子合上了那册《连环画报》……

我不禁坐了起来……

我肃然地看着封面——封面上是放大的第三幅绘画——在惊恐的人群之间，站立着一个她……

我蓦地想起来了——画的是"泰坦尼克"号客轮一九一二年海上遇难事件啊！……

"坐我的位子吧！我没有结婚，也没有孩子。"

她说完这句话，就迅速地离开了救生艇，将自己的位子，让给了两个儿童……她又从救生艇回到正在沉没着的客轮上去了——回到了许许多多男人们中间。在这生死关头，他们表现了种种将活着的机会让给别人，将死亡坦然地留给自己的高贵品质……

她是女人，她有权留在救生艇上，她却放弃了这种权利……

她成了一千五百多名不幸遇难者中的一个。

她的名字叫伊文思。伊文思小姐。

她乘船回自己的家。

关于她的情况，活下来的人们——只知道这么多——"只知道这么多"……

《连环画报》中夹着一页白纸。我轻轻抽出——白纸上写着这样几行字：

贵族——我以为，更应作这样的解释——人类心灵中很高贵的那一部分人。或曰那一"族"人。他们和她们的心灵之光，普照着我们，使我们在自私、唯利是图、相互嫉妒、相互倾轧、相互坑骗、相互侵犯的时候，还能受着羞耻感的最后约制……

我自己写在白纸上的。我竟能把字写得那么工整！使我不免有些怀疑真是自己写的？然而，分明地，那的确是我自己写的。因为下方署着"晓声敬题于一九八六年十二月二十一日"一行小字……

于是我明白了，为什么我会将这一册八年前的《连环画报》归入到自己格外爱惜的"藏"书一类……

如今，"贵族"两个字，开始很被一些人津津乐道了。这儿那儿，也有了中国式的"贵族俱乐部"，更有了许多专供中国式的"贵族"们去享受和逍遥的地方。一旦经常能去那样的地方，似乎就快成"贵族"了。一旦挤进了"贵族俱乐部"，俨然就终于是"贵族"了……

至于"精神"——"精神"似乎早已被"气质"这个词取代了。而"气质"又早已和名牌商品的广告联姻了……

伊文思小姐是贵族吗？——因为世人"只知道这么多"，也就没有妄下结论的任何根据。

但是，就精神而言，就心灵而言，她乃是一位真正的贵族女性啊！……

她以最高尚的含义，界定了"贵族"这两个字令人无比崇敬的概念。

不知我们中国的"新贵族"们，在"贵族俱乐部"里，是否也于物质享受的间歇，偶尔谈论到"贵族"的那点儿"精神"？……

第二天，我又将那一册《连环画报》订入了大信封，同时"藏"起我对不知是不是贵族的伊文思小姐的永远的敬意。

八年来，我自己的心灵受着种种的诱惑和侵蚀，它疤疤瘌瘌的，已越来越不堪自视了。幸亏我还没彻底泯灭了自省的本能，所以才从不屑于去冒充"贵族"，更不敢自诩是什么"精神贵族"……

愿别的中国人比我幸运，不但皆渐渐地"贵族"起来，而且也还有那么一点儿精神可言……

感谢土人先生，正因了他的绘画奉献，那一册《连环画报》才值得我珍藏了八年，而且我会一直珍藏下去。

爱诗的人
——关于张子扬和他的诗

大约是在十六七年前，学生们放暑假的日子里，中央戏剧学院导演系一名出生在哈尔滨市的四年级学生，参加了一部完全由学生们组成的毕业实习短剧《三角梅》的拍摄。

戏剧艺术是他所酷爱的。

影视艺术也是他所酷爱的。

但是他参加《三角梅》的拍摄，还同时可以实现他心中的另一夙愿。

那是他当年怀藏的一个虔诚的秘密，一种向往，一种类似朝圣者对宗教圣地的向往。他以普通的交往方式，结识了一位已声名鹊起的诗友。

摄制组在厦门拍外景的间歇，时至中秋佳节。青年和另一位同学来到了鼓浪屿一座院子的门前——女主人当时刚刚做了母亲。她和家人热情地接待了他们，留他们在家中吃了月饼，还喝了独具风味的"功夫茶"……并赠送了女主人刚刚出版的第一册诗集《双桅船》。

她就是后来誉满诗坛的女诗人舒婷。

而那青年对诗的酷爱，一点儿也不亚于他对戏剧艺术和影视艺术的酷爱。

十六七年后的今天，当他向我谈起舒婷如何热情地接待他与同去的同学时，脸上洋溢着快乐的光彩。

一年后，他毕业了，分配在中央电视台文艺部。

很快，他就将舒婷那首著名的诗《致橡树》拍成了电视艺术作品。

我如果爱你——

绝不像攀缘的凌霄花

借你的高枝炫耀自己；

我如果爱你——

绝不学痴情的鸟儿

为绿荫重复单调的歌曲……

从此女诗人关于爱的自白，在优美的音乐和优美的影像画面的伴随之下，以更典雅的形式流淌入更多的青年心里，并深深地感动他们至今……

那青年名叫张子扬。

他也许是中国"诗歌TV"这一美好艺术形式的"第一人"吧？

他现在是中央电视台国际部主任。

我第一次见到子扬大约在十年前，在中央电视台。

记不得是谁引荐我和他认识的，却依然记得一句引荐的话——"你们是老乡啊！"

这老乡留给我的最深的印象是他漆黑的连鬓胡子。

我当时暗想——若拍"关东大侠"一类影片，以他的形象当可做一名主要演员。

却怎么也不能把他和诗往一块儿想。

十余年间我们很少见面，只有几次到他负责的国际部做《人与自然》和《正大综艺》的嘉宾时碰到，又因匆忙交流有限。

但每年的新年或春节，子扬常打电话来问好，也收到过他寄来的精美的元旦或春节贺卡……

今年九月初，子扬亲自给我送来了他的两册诗集的清样。他考入中央戏剧学院前在印刷厂当过工人，他的清样装订得很美观。

"你？……写诗？……"

我不禁讶然。

"爱好上了嘛，有什么办法呢！"

胡子漆黑的子扬，孩子似的不好意思地笑。

我说："你爱诗，这多好啊！你怎么还不好意思？"

他说："我以为你和某些人一样，以为爱诗爱写诗是一种病。"

我说："这怎么会呢！"

他就又孩子似的笑了。

带着他的两部美观的诗稿，三天后我参加《十月》编辑部举办的笔会去了宁波。与会者中，恰有我也心仪已久的女诗人舒婷。

这次笔会的时间表排得很紧。

我便在开会时，座谈时，在车上和船上，集中片刻的精力读子扬的诗。有时情不自禁，悄触坐在身旁的作家朋友与之共读……

子扬的诗思所涉及的范围实在是太广泛了。给我的感觉是——他简直是一个用诗人的心来想，用诗人的眼来看，并且用诗的方式来记日记的人！

正如散文家们，杂文家们——一切的感动，一切的思考，一切对人生对社会对时代的提问，都写在散文或杂文里了，也都以散文或杂文的形式记录着回答着了……

在当今凡有可能人人都希望能出版一本自己写的书的时代，子扬捧给我们他的两册诗集，意味深长啊！

人生苦短，光阴似箭。十六七年前那名爱诗的青年，十六七年间不但一直在爱着诗，而且一直在孜孜不倦地虔虔诚诚地写着诗。这一份儿对诗的情愫，着实令我感动。

他这两册诗集中的诗，只发表过两三首。

用他自己的话说："此前，那都是为自己的感受所做的记录。现在要把它们结集出版，也主要是为了以更好的方式赠给爱诗的朋友。"

子扬的诗是字里行间充满激情的诗。

子扬充满在他诗里的激情，是热烈火烫的激情，典型的性情男子的激情。

笔会期间，我几次想将子扬的诗集请舒婷看，代子扬获得一些关于诗的教益。但人人的休息时间都那么少，不忍相扰。

笔会结束那一天，在去机场的车里，终于还是忍不住，问舒婷是否仍记得十六七年前，有两名中央戏剧学院的学生曾在她家做过客，其中的一位就是我的老乡，中央电视台的大胡子导演……

她说记得的呀。

她说，有一年她去哈尔滨，晚上回宾馆时，见到房间里有人送来的果盘，问服务员小姐，说是中央电视台的一个大胡子导演送的。……说他已经离开哈尔滨回北京了……

舒婷问我："这个大胡子还爱诗吗？还写诗吗?"

我说："他当然还爱诗呀！当然还写诗呀!"

遂告子扬将有诗集出版。

舒婷说："这真好。"

沉默良久，又说："我愿获得一套他的诗集。"

舒婷面露欣慰。

我明白，她的欣慰为诗，也为有子扬这样的爱诗的人……

回到北京，我给子扬打电话谈及舒婷所说送果盘的事……

"是我送的！本想拜访，但急着赶飞机，只好聊表敬意了……"

电话那一端，传来子扬的爽笑……

"舒婷希望得到一套你签了名的诗集。"

"是吗?"

子扬的声音，听来甚为兴奋与荣幸。

……

人若能爱一样事物，而持久，而终身，多好！倘所爱是诗，或其他艺术，则不但好，而且爱得美了！

爱诗的子扬，你对诗的爱，纯真且美呢！

我与文学

    我对文学的理解，以及我的写作，当然和许多别人一样，曾受古今中外不少作品和作家的影响。影响确乎发生在我少年、青年和中年各个阶段，或持久，或短暂，却没有古今中外任何一位作家的文学理念和他们的作品一直影响着我。而我自己的文学观也在不断变化……

    下面，我按自己的年龄阶段梳理那些影响：

    童年时期主要是母亲以讲故事的方式，向我灌输了某些戏剧化的大众文学内容，如《钓金龟》《铡美案》《乌盆记》《窦娥冤》《柳毅传书》《赵氏孤儿》《一捧雪》……

    那些故事的主题，无非体现着民间的善恶观念和"孝""义"之诠释而已。母亲当年讲那些故事，目的截然不是为了培养我们的文学爱好。她只不过是怕我们将来不孝，使她伤心；并怕我们将来被民间舆论斥为不义小人，使她蒙耻。民间舆论的方式亦即现今所谓之口碑。东北人家，十之八九为外省流民落户扎根。哪里有流民生态，哪里便有"义"的崇尚。流民靠"义"字相互凝聚，也靠"义"字提升自己的品格地位。倘某某男人一旦被民间舆论斥为不义小人，那么他在品格上几乎就万劫不复了。我童年时期，深感民间舆论对人的品格，尤其是男人们的品格所进行的审判，是那么的权威，其公正性又似乎那么地不容置疑。故我小时候对"义"也是特别崇尚的。但流民文化所崇尚的"义"，其实只不过是"义气"，是水泊梁山和瓦岗寨兄弟帮那一种"义"，与正义往往有着质的区别，更非仁义。然而母亲所讲的那些故事，毕竟述自传统戏剧，内容都是经过一代代戏剧家锤炼的，所传达的精神影响，也就多多少少地高于民间原则，比较地具有文学美学的意义了。对于我，等于是母乳以外的另一种营养。

这就是为什么，我早期小说中的男人，尤其那些男知青人物，大抵都是孝子，又大抵都特别讲义气的原因。我承认，在以上两点，我有按照我的标准美化我笔下人物的创作倾向。

在日常生活中，"义"字常使我面临尴尬事，成尴尬人。比如我一中学同学，是哈市几乎家喻户晓的房地产老板，因涉嫌走私，忽一日遭通缉——夜里一点多，用手机在童影厂门外往我家里打电话。白天我已受到种种忠告，电话一响，便知是他打来的。虽无利益关系，但有同学之谊。不见，则不"义"；往见之，则日后必有牵连。犹豫片刻，决定还是见。于是成了他逃亡国外前见到的最后一人。还替他保存一些将来翻案的材料，承诺三日内绝不举报。于是数次受公安司法部门郑重而严肃的面讯。说是审问也差不多：录口供，按手印，记录归档。

这是五六年前的事。

我至今困惑迷惘，不知一个头脑比我清醒的人，遇此事该取怎样的态度才是正确的。倘中学时代的亲密同学于落难之境急求一见而不见，如果虚惊一场，日后案情推翻（这种情况是常有的），我将有何面目复见斯人，复见斯人老母，复见斯人之兄弟姐妹？那中学时代深厚友情的质量，不是一下子就显出了它的脆弱性吗？这难道不是日后注定会使我们双方沮丧之事吗？

但，如果执行缉捕公务的对方们不由分说，先关押我三个月五个月，甚或一年半载，甚或更长时间（我是为一个"义"字充分做好了这种心理准备的），我自身又会落入何境？

有了诸如此类的经历后，我对文学、戏剧、电影有了新的认识。那就是：凡在虚构中张扬的，便是在现实中缺失的，起码是使现实人尴尬的。此点古今中外皆然。因在现实中缺失而在虚构中张扬的，只不过是借文学、戏剧、电影等方式安慰人心的写法。这一功能是传统的功能，也是一般的功能。严格地讲，是非现实主义的，归为理想主义的写法或更正确。而且是那种照顾大众接受意向的浅显境界的理想主义写法。揭示那种种使现实人面临尴尬的社会制度、文化背景，以及人性困惑的真相的写法，才更是现实主义的写法。回顾我早期的写作，虽自诩一直奉行现实主义，其实是在理想主义和现实主义之间左顾右盼，每顾此失彼，像徘徊于两片草地之间的那一头寓言中的驴。就中国文学史上呈现的状态而言，我认为，近代的现实主义文学，其暧昧性大于古代，现代大于近代，当代大于现代。原因不唯当代主流文学理念的禁束，也由于我及我以上几代写作者根本就是在相当不真实的文化背景的影响之下成长起来的。它最良好开明时的状态也不过就是暧昧。故我们先天的写作基因里潜伏着暧昧的成分。即使我们产生了叛逆主流文学理念禁束的冲动，我们也难以有改变先天基因的能力。

自幼接受的关于"义"的原则，在现实之中又逢困惑和尴尬。对于写作者，这是多么不良的滋扰。倘写作者对此类事是不敏感的，置于脑后便是了。偏偏我又是对此类事极为敏感的写作者。这一种有话要说不吐不快的冲动，每每变成难以抗拒的写作的冲动。而后一种冲动下快速产生的，自然不可能是什么文学，只不过是文字方式的社会发言而已……

我不是那类小时候便立志要当作家才成为作家的人。在我仅仅是一个爱听故事的孩子的年龄，我对作家这一种职业的理解是那么单纯——用笔讲故事，并通过故事吸引别人感动别人的人。如果说这一种理解水平很低，那么我后来自认为对作家这一种职业的似乎"成熟"多了的理解，实际上比我小时候的理解距离文学还要远些。因为讲故事的能力毕竟还可以说是作家的基本能力，而文字方式的社会发言，却更是记者的职业特点。在新闻评论充分自由的国家和时代，可能使人成为好记者。反之，对于以文学写作为职业的人，也许是一种精力的浪费吧？如果我在二十余年的写作时间里，在千万余字的写作实践中，一直游弋于文学的海域，而不常被文字方式的社会发言的冲动所左右，我的文学意义上的收获，是否会比现在更值得欣慰呢？

然而我并不特别地责怪自己。因为我明白，我所以曾那样，即使大错特错了，也不完全是我的错。从事某些职业的人，在时代因素的影响下，往往会变得不太像从事那些职业的人。比如"文革"时期的教师都有几分不太像教师，"文革"时期的学生更特别地不像学生。如今的我回顾自己走过的文学路，经常替自己感到遗憾和惋惜，甚至感到忧伤……

比较起来我还是更喜欢那个爱听故事的孩子年龄的我。作家对文学的理解也许确乎越单纯越好。单纯的理解才更能引导人走上纯粹的路。而对于艺术范畴的一切职业，纯粹的路上才出纯粹的成果……

少年时期从小学四五年级起，我开始接触文学。不，那只能说是接近。此处所言之文学，也只不过是文学的胚胎。家居的街区内，有三四处小人书铺。我在那些小人书铺里度过了许多惬意的，无论什么时候回忆起来都觉得幸福的时光。今人大概一般认为，所谓文学的摇篮，起码是高校的中文系，或文学院。但对我而言，当年那些小人书铺即是。小人书文字简洁明快，且可欣赏到有水平的甚至堪称一流的绘画。由于字数限制所难以传达的细致的文学成分，在小人书的情节性连贯绘画中，大抵会得到形象的表现。而这一点又往往胜过文字的描写。对于儿童和少年，小人书的美学营养是双重的。

小人书是我能咀嚼文学之前的"代乳品"。

一家小人书铺，至少有五六百本小人书。对于少年，那也几乎可以说是古今中外包罗万象了。有些取材于当年翻译过来的外国当代作品。那样的一些小人书，以后的少年是根本看不到了。

比如《中锋在黎明前死去》——这是一本取材于美国当年的荒诞现实主义电影的小人书，讽刺资本对人性的霸道的侵略。讲一名足球中锋，被一个资本家连同终生人身自由一次性买断。而"中锋"贱卖自己是为了给儿子治病。资本家还以同样的方式买断了一名美丽的芭蕾舞女演员、一头人猿、一位生物学家，以及另外一些他认为"特别"地具有"可持续性"商业价值的人。他企图通过生物学家的实验和研究，迫使所有那些被他买断了终生人身自由的"特别"人相互杂交，再杂交后代，"培植"出成批的他所希望看到的"另类"人，并推向世界市场。"中锋"却与美丽的芭蕾舞女演员深深相爱了，而芭蕾舞女演员按照某项她当时不十分明白的合同条款，被资本家分配给人猿做"妻子"……

结局自然是悲惨的。美丽的芭蕾舞女演员被人猿撕碎，"中锋"掐死了资本家，生物学家疯了……

而"中锋"被判死刑。在黎明前，在一场世界锦标赛的海报业已贴得到处可见之后，"中锋"被推上了绞架……

这一部典型的美国好莱坞讽刺批判电影，是根据一部阿根廷二十世纪五十年代的剧本改编的，其内容不但涉及资本膨胀的势力与神圣人性权利的冲突，还涉及合同法、遗传学、基因学常识。连现在全世界都极为关注的"克隆"实验，在其内容中也有超前的想象。倘滤去其内容中的社会立场所决定了的成分，仅从文学的一般规律性而言，我认为作者的虚构能力是出色的。

那一本小人书给我留下极深的印象。

比如《前面是急转弯》——这是一部苏联当时年代的社会现实题材小说。问世后很快就拍成了电影，并在当年的中国放映过。但我没有机会看到它，我看到的是根据电影改编的小人书。

它讲述了这样一件事：踌躇满志事业有成的男人，连夜从外地驾车赶回莫斯科，渴望与他漂亮的未婚妻度过甜蜜幸福的周末时光。途中他的车灯照见了一个卧在公路上的人。他下车看时，见那人全身浸在一片血泊中。那人被另一辆车撞了，撞那人的司机畏罪驾车逃逸了。那人还活着，还有救，哀求主人公将自己送到医院去。在公路的那一地点，已能望见莫斯科市区的灯光了。将不幸的人及时送到医院，只不过需要二十几分钟。主人公看着血泊中不幸的人却犹豫了。他暗想如果对方死在他的车上呢？那么他将受到司法机关的审问，那么他将不能与未婚妻共同度过甜蜜幸福的周末了。难道自己连夜从外地赶回莫斯科，只不过是为了救眼前这个血泊中的人吗？他的车座椅套是才换的呀！那花了他不小的一笔钱呢！何况，没有第三者作证，如果他自己被怀疑是肇事司机呢？那么他的事业、他的地位、他的婚姻、他整个的人生……

在不幸的卧于血泊中的人苦苦的哀求之下，他一步步后退，跳上自己的车，绕开血泊加速开走了。

他确实与未婚妻度过了一个甜蜜幸福的周末。

他当然对谁都只字不提他在公路上遇到的事，包括他深深地爱着的未婚妻。

然而他的车毕竟在公路上留下了轮印，他还是被传讯并被收押了。

在审讯中，他力辩自己的清白无辜。为了证明他并没说谎，他如实"交代"了自己的真实想法……

当然，肇事司机最终还是被调查到了。

无罪的他获释了。

但他漂亮的未婚妻已不能再爱他。因为那姑娘根本无法接受这样一个事实——她不但爱而且尊敬的这个男人，竟会见死不救。非但见死不救，还在二十几分钟后与她饮着香槟谈笑风生、诙谐幽默，并紧接着和她做爱……

他的同事们也没法像以前那么对他友好了……

他无罪，但依然失去了许多……

这一部电影据说在当年的苏联获得好评。在当年的中国，影院放映率却一点儿也不高。因为在当年的中国，救死扶伤的公德教育深入人心，可以说是蔚然成风。这一部当年的苏联电影所反映的事件，似乎是当年的中国人很难理解的。正如许多中国人当年很难理解安娜·卡列尼娜为什么非离婚不可……

我承认，我还是挺欣赏苏联某些文学作品和电影的道德影响力的。

此刻，我伏案写到此处，头脑中一个大困惑忽然产生了——救死扶伤的公德教育（确切地说应该是人性和人道教育）在当年的中国确曾深入人心，确曾蔚然成风——但"文革"中灭绝人性和人道的残酷事件，不也是千般百种举不胜举吗？为什么一个民族会从前一种事实一下子就转移到后一种事实了呢？

是前一种事实不真实吗？

我是从那个时代成长过来的。我感觉那个时代在那一点上是真实的啊。

是后一种事实被夸张了吗？

我也是从后一个时代经历过来的。我感觉后一个时代确乎是可怕的时代啊。

我想，此转折中，我指的不是政治的而是人性的——肯定包含着某些规律性的至为深刻的原因。它究竟是什么，我以后要思考思考……

倘一名少年或少女手捧一本内容具有文学价值的小人书看着，无论他或她是在哪里看着，其情形都会立刻勾起我对自己少年时代看小人书度过的那些美好时光的回忆，并且，使我心中生出一片温馨的感动……

我至今保留着三十几本早年出版的小人书。

中学时代某些小人书里的故事深印在我头脑中，使我渴望看到那些故事在"大书"里是怎样的。我不择手段地满足自己对文学作品的阅读癖，也几乎是不择手段地积累自己的财富——书。

与我家一墙之隔的邻居姓卢。卢叔是个体收破烂的，经常收回旧书。我的财富往往来自他收破烂的手推车。我从中发现了《白蛇传》和《梁祝》的戏剧唱本，而且是新中国成立前的，有点儿"黄色"内容的那一种。一部破烂不堪的《聊斋志异》也曾使我欣喜若狂如获至宝。

《白蛇传》是我特别喜欢的文学故事。古今中外，美丽的，婉约的，缠绵于爱，为爱敢恨敢舍生忘死拔剑以拼的巨蛇只有一条，那就是白娘子白素贞。她为爱所受之苦难，使中学生的我那么那么地心疼她。我不怎么喜欢许仙。我觉得爱有时是超乎理性的。白娘子对许仙的爱便超乎理性。既可超乎理性，又怎忍心视她为异类？当年我常想，我长大了，倘有一女子那般爱我，则不管她是蛇，是狮虎，是狼甚至是鬼怪，我都定当以同样的爱回报她。哪怕她哪一天恶性大发吃了我，我也并不后悔。正如今天流行歌曲唱的："何必天长地久，只求曾经拥有。"

但是《白蛇传》又从另一方面影响了我的情爱观，那就是——我从少年时期起便本能地惧怕轰轰烈烈的，不顾生不顾死的那一种爱。我觉得我的生命肯定不能承受爱得如此之重。向往之，亦畏惧之。少年的我，对家庭已有了责任意识，而且是必须担当的责任意识。故常胡思乱想——设若将来果真被一个女子以白蛇那一种不顾生不顾死的方式爱着了，我可究竟该怎么办才好呢？我是明明不可以相陪着不顾生不顾死地爱的啊！倘我为爱陪死了，谁来孝敬母亲呢？谁来照顾患精神病的哥哥呢？进而又想，我若一孤儿，或干脆像孙悟空似的，是从石头里"生"出来的，那多好，那不是就可以无牵无挂地爱了吗？这么想，又立刻意识到对父母对家庭很罪过，于是内疚、自责……

《梁祝》的浪漫也是我极为欣赏的。

我认为这一则文学故事的风格是完美的。以浪漫主义的"欢乐颂"式的喜悦情节开篇，以现实主义的正剧转悲剧的启承跌宕推进人物命运，又以更高境界的浪漫主义情调扫荡悲剧的压抑，达到想象力的至善至美。它绮丽幽雅，飘逸隽永，"秾纤得衷，修短合度"。

我认为就一则爱情故事而言，其浪漫主义与现实主义相结合的出神入化，古今中外，无出其右。

据说，在某些大学中文系的课堂，《白蛇传》和《梁祝》的地位只不过列在"民间故事"的等级。而在我的欣赏视野内，它们是经典的、绝对一流的、正宗的雅文学作品。

梁斌的《红旗谱》以及下部《播火记》给我的阅读印象也很深。

《红旗谱》中有一贫苦农民是严志和，严志和有二子，长子运涛，次子江涛。江涛虽农家子，却仪表斯文，且考上了保定师专。师专有一位严教授，严教授有一独生女严萍，秀丽、聪慧、善良，具叛逆性格。她与江涛相爱。

中学时期的我，常想象自己是江涛，梦想班里像严萍的女生注意我的存在，并喜欢我。

这一种从未告人的想象延续不灭，至青年，至中年，至于今。往往忘了年龄，觉得自己又是学生，想陪着一名叫严萍的女生逛集市。而那集市的时代背景，当然是《红旗谱》的年代。似乎只有在那样的年代，一串糖葫芦两人你咬下一颗我咬下一颗地吃，才更能体会少年之恋的甜。在我这儿，一枝红玫瑰的感觉太正儿八经了；倘相陪着逛大商场，买了金项链什么的再去吃肥牛火锅，非我所愿，也不会觉得内心里多么地美气……

当然我还读了高尔基的"三部曲"；读了《牛虻》《钢铁是怎样炼成的》《红岩》《斯巴达克》等。

蒲松龄笔下那些美且善的花精狐妹，仙姬鬼女，皆我所爱。松龄先生的文采，是我百读不厌的。如今，偶游刹寺庙庵，每作如是遐想——倘年代复古，愿寄宿院中，深夜秉烛静读，一边留心侧耳，若闻有女子低吟"玄夜凄风却倒吹，流萤惹草复沾帏"，必答"幽情苦绪何人见，翠袖单寒月上时"，并敞门礼纳……

另有几篇小说不但对我的文学观，而且对我的心灵成长，对我的道德观和人生观发生影响：陀思妥耶夫斯基的《白夜》。

这是一个短篇。讲的是一个美丽的少女与外祖母相依为命的故事。外祖母视其为珠宝，唯恐被"盗"，于是做了一件连体双人衫，自己踏缝纫机时，与少女共同穿上。这样少女就离不开她了，只有端端地坐在她旁边看书。但要爱的心是管不住的。少女爱上了家中房客，一个一无所有的青年求学者，每夜与他幽会。后来他去彼得堡应考，泥牛入海，杳无音信。少女感到被弃了，常以泪洗面。在记忆中，此小说是以"我"讲述的。"我"租住在少女家阁楼上。"我"渐渐爱上了少女。少女的心在被弃的情况下是多么地需要抚慰啊！就在"我"似乎以同情赢得少女的心，就在"我"双手捧住少女的脸颊欲吻时，少女猛地推开了"我"跑向前去——她爱的青年正在那时回来了……于是他们久久地拥抱在一起，久久地吻着……而"我"又失落又感动，心境亦苦亦甜，眼中不禁盈泪，缓缓转身离去。那一个夜晚月光如水。那是"我"记忆中最明亮的夜……

陀氏以第一人称写的小说极少。甚至，也许仅此一篇吧。此篇一反他一向作品的阴郁冷漠的风格，温馨圣洁。

它告诉中学时期的我：爱不总是自私的。爱的失落也不必总是"心口永远的痛"……

马卡连柯的《教育诗》。职任苏维埃共和国初期的孤儿院院长马卡连柯，在孤儿院粮食短缺的情况下，将一笔巨款和一支枪、一匹马交给了孤儿中一个"劣迹"分明的青年，并言明自己交托的巨大信任，对孤儿院的全体孩子意味着什么。那青年几乎什么也没表示便接钱、接枪上马走了。半个月过去，人们都开始谴责马卡连柯。但某天深夜，那青年终于疲惫不堪地引领着押粮队回来了，他路上还遇到了土匪，生命险些不保。

他问马卡连柯："院长，您是为了考验我吗？"

马卡连柯诚实地回答："是的。"

"如果我利用了您的考验呢？"

"当时的情况不允许我这样想。你知道的，只有你一人能完成任务。"

"那么，您胜利了。"

"不，孩子，是你自己胜利了。"

高尔基看了《教育诗》大为感动，邀见了马卡连柯院长，促膝长谈。

它使中学时期的我相信：给似乎不值得信任的人一次值得信任的机会，未尝不是必要的。人心渴望被信任，正如植物之渴望水分。

但是后来我的种种经历亦从反面教育我——那确乎等于是在冒险。

托尔斯泰的《复活》。这部小说使中学时期的我害怕：倘一个人导致了另一个人的悲剧，而自己无论以怎样的方式忏悔都不能获得原谅，那么他将拿自己怎么办？

还有，法朗士的《衬衫》。国王生病，病症是备感自己的不幸福。于是名医开方——找到一件幸福的人穿过的衬衫让国王穿，幸福的微粒就会被国王的皮肤吸收。于是到处寻找幸福的人。举国上下找了个遍，竟无人幸福。那些因权力、地位、财富、名望、容貌而被别人羡慕的人，其实都有种种的不幸福。最令人哭笑不得的是：有人因自己的妻子是国王的情妇而不幸福，有人也因自己的妻子不能是国王的情妇而不幸福。最后找到了一个在田间小憩的农夫，赤裸上身快乐吹笛。问其幸福否。答正幸福着。于是许以城池，仅求一衫。农夫叹曰：我穷得连一件衬衫都没有……

它使中学时期的我对大人们的人生极为困惑：难道幸福仅仅是一个词罢了？

后来我的人生经历渐渐教育我明白：幸福只不过是人一事、一时或一个时期的体会。一生幸福的人，大约真的是没有的……

"文革"中我获得了一个绝好的机会——半个月内，昼夜看管学校图书室。那是我以"红卫兵"的名义强烈要求到的责任。有的夜晚我枕书睡在图书室。虽然只不过是一所中学的图书室，却也有两千多册图书。于是我如饥似渴地读雨果、霍桑、司汤达、狄更斯、哈代、卢梭、梅里美、莫泊桑、大仲马、小仲马、罗曼·罗兰等等。

于是我的文学视野，由苏俄文学，而拓宽向十八世纪、十九世纪西方大师们的作品……

拜伦的激情，雪莱的抒情，雨果的浪漫与恣肆磅礴，托尔斯泰的从容大气，哈代的忧郁，罗曼·罗兰的含蕴深远以及契诃夫的敏感，巴尔扎克的笔触广泛，至今使我钦佩。

莎士比亚没怎么影响过我。

《红楼梦》我也不是太爱看。

却对安徒生和格林兄弟的童话至今情有独钟。

西方名著中有一种营养对我是重要的，那就是善待和关怀人性的传统以及弘扬人道精神。

今天的某些批评者讥讽我写作中的"道义担当"之可笑。

而我想说：其实最高的道德非它，乃人道。

我从中学时代渐悟此点。

我感激使我明白这一道理的那些书。

因而，在"文革"中，我才是一个善良的红卫兵。

因而，大约在一九八四年，我有幸参加过一次《政府工作报告草案》的党外讨论，力陈有必要写入"对青少年一代加强人性和人道教育"。

后来"报告"中写入了，但修饰为"社会主义的人性和革命的人道主义教育"。

我甚至在一九七九年就写了一篇论文，题为《浅谈"共同人性"和"超阶级的人性"》。

以上，大致勾勒出了我这样一个作家的文学观形成的背景。

我是在中外"古典"文学的影响之下决定写作人生的。

这与受现代派文学影响的作家们是颇为不同的。

我不想太现代。

但也不会一味崇尚"古典"。

因为中外"古典"文学中的许多人事，今天又重新在中国上演为现实。

现实有时也大批"复制"文学人物及情节和事件。

真正的现代的意义，在中国，依我想来，似应从这一种现实对文学的"复制"中窥见深刻。

但这不是我的能力所能做到的。

在中国古典白话长篇小说中，我喜欢的名著依次如下：《三国演义》《西游记》《封神演义》《水浒传》《隋唐演义》《红楼梦》《老残游记》《聊斋志异》……

我喜欢《三国演义》的气势磅礴，场面恢宏，塑造人物独具匠心的情节和细节。

中外评论家在评到托尔斯泰的《安娜·卡列尼娜》时，总不忘对它的开卷之语赞美有加。正如我们都知道的，那句话是："幸福的家庭是相似的，不幸的家庭各有各的不幸。"

据说，托翁写废了许多页稿纸，苦闷多日才确定了此开卷之语。

于是都道此语是多么多么的好，此事亦成美谈。

然我以为，若与《三国演义》的开卷之语相比，则似乎逊色。

"话说天下大势，分久必合，合久必分。"

我常觉得这是几乎只有创世纪的上帝才能说出来的话。当然，两部小说的内容根本不同，是不可以强拉硬扯地胡乱相比的。我明知而非要相比，实在是由于钦佩。

我一直认为这是一部关于一个国家的一次形成的伟大小说。它所包含的政治的、军事的、外交的以及择才用人的思想，直至现今依然是熠熠闪光的。在惊天地泣鬼神的大战役的背景之下刻画人物，后来无出其右者。

《三国演义》是绝对当得起"高大"二字的小说。

我喜欢《西游记》的想象力。

我觉得那是一个人的想象天才伴随着愉快所达到的空前绝后的程度。娱乐全球的美国电影《蝙蝠侠》啦，《超人》啦，《星球大战》啦，一比就都被比得像小儿科了。

《西游记》乃天才的写家为我们后人留下的第一"好玩

儿"的小说。

《封神演义》的想象力不逊于《西游记》。它常使我联想到荷马的《伊利亚特》和《奥德修记》。"雷震子"和"土行孙"两人物形象，证明着人类想象力所能达到的妙境。在全部西方诸神中，模样天真又顽皮的爱神丘比特，也证明着人类想象力所能达到的妙境。东西方人类的想象力在这一点上相映成趣。

《封神演义》乃小说写家将极富娱乐性的小说写得极庄严的一个范本。《西游记》的"气质"是喜剧的，《封神演义》的"精神"却是特别正剧的，而且处处呈现着悲剧的色彩。

我喜欢《水浒传》刻画人物方面的细节。几乎每一个主要人物的出场都是精彩的，而且在文学的意义上是经典的。少年时我对书中的"义"心领神会。青年以后则开始渐渐形成批判的态度了。梁山泊好汉中有我非常反感的二人：一是宋江，二是李逵。我并不从"造反"的不彻底性上反感宋江，因为那一点也可解释成人物心理的矛盾。我是从小说写家塑造人物的"薄弱"方面反感他的。我从书中实在看不出他有什么当"第一把手"的特别的资格。而李逵，我认为在塑造人物方面是更加地失败了，觉得只不过是一个符号。他一出场，情节就闹腾，破坏我的阅读情绪。李逵这一人物简单得几乎概念化。关于他唯一好的情节，依我看来，便是下山接母。《水浒传》中最煞有介事也最有损"好汉"本色的情节，是石秀助杨雄成功地捉了后者妻子的奸那一回。那一回一箭双雕地使两个勇武男人变得像里弄流氓。杨雄的杀妻与武松的杀嫂是绝不能相提并论的。武松的对头西门庆是与官府过从甚密的势力人物；武松的杀嫂起码还符合着一命抵一命的常理。杨雄杀妻时，从旁幸灾乐祸着的石秀的样子，其实是相当猥琐的。他后来深入虎穴暗探祝家庄的"英雄行为"，洗刷不尽他的污点……

《隋唐演义》自然不如《水浒传》那么著名，但较之《水浒传》，它似乎将"义"的品质提升了层次。瓦岗兄弟的成分，似乎也不像梁山好汉那么芜杂。而且，前者所反的，直接便是朝廷。他们的目标是明确的而不是暧昧的。他们是比宋江们更众志成城的，所以他们成功了。秦琼这个人物身上所体现的"义"，具有"仁义"的意义，是所有的梁山好汉身上全都不曾体现出来的……

我不是多么喜欢《红楼梦》这一部小说。

它脂粉气实在是太浓了，不合我阅读欣赏的"兴致"。

我想，男人写这样的一部书，不仅需要对女人体察入微的理解，自身恐怕也得先天地有几分女人气的。

曹雪芹正是一位特别有女人气的天才。

但我依然五体投地地佩服他写平凡，写家长里短的非凡功力。

我常思忖，这一种功力，也许是比写惊天动地的大事件更高级的功力。

西方小说中，曾有"生活流"的活跃，主张原原本本地描写生活，就像用摄像机记录人们的日常生活那样。我是很看过几部"生活流"的样板电影的。那样的电影最大程度地淡化了情节，也根本不铺排所谓矛盾冲突。人物在那样的电影里"自然"得怪怪的，就像外星人来到地球上将人类视为动物而拍的"动物世界"。那样的电影的高明处，是对细节的别具慧眼的发现和别具匠心的表现。没有这一点，那样的电影就几乎没有任何欣赏的价值了。

我当然不认为《红梦楼》是什么"生活流"小说。事实上《红楼梦》对情节和人物命运的设计，到了十分考究的程度。但同时，《红楼梦》中充满了对日常生活细节，以及人物日常情绪变化的细致描写。那么细致需要特殊的自信，其自信非一般写家所能具有。

《红楼梦》是用文学的一枚枚细节的"羽毛"成功地"裱糊"了的一只天鹅标本。

它的写作过程显然可评为"慢工出细活儿"的范例。

我由衷地崇敬曹雪芹在孤独贫病的漫长日子里的写作精神。那该耐得住怎样的寂寞啊。

曹雪芹是无比自信地描写细节的大师。

《红楼梦》给我的启示是：细细地写生活，这一对小说的曾经的要求，也许现今仍不过时……

我喜欢《老残游记》，乃因它的文字比《二十年目睹之怪现状》《儒林外史》《官场现形记》都好些，结构也完整些。还因它对自然景色的优美感伤的描写。

《聊斋志异》不应算白话小说，而是后文言小说。我喜欢的是它的某些短篇。至于集中的不少奇闻逸事，现今的小报上也时有登载，没什么意思。

我至今仍喜欢的外国小说是：《约翰·克利斯朵夫》《悲惨世界》《九三年》《大卫·科波菲尔》《安娜·卡列尼娜》《红与黑》《红字》《苔丝》《简·爱》，巴尔扎克和梅里美的某些中短篇代表作……

我不太喜欢《雾都孤儿》《呼啸山庄》那一类背景潮湿阴暗，仿佛各个角落都潜伏着计谋与罪恶，而人物心理或多或少有些变态的小说……

《堂·吉诃德》我也挺喜欢。

有三位外国作家的作品是我一直不大喜欢得起来的：陀思妥耶夫斯基、左拉、劳伦斯。

一个事实是那么地令我困惑不解：资料显示，陀氏活着的时候，许多与他同时代的俄国人，甚至可以说大多数与他同时代的俄国人谈论起他和他的作品，总是态度暧昧地大摇其头，包括许多知识分子和他的作家同行们。他们的暧昧中当然有相当轻蔑的成分。一些人的轻蔑怀有几分同情；另一些人的轻蔑则彻底地表现为难容的恶意。陀氏几乎与他同时代的任何一位作家都没有什么密切的往来，更没有什么友好的交往。他远远地躲开着所谓文学的沙龙，那些场合也根本不欢迎他。他离群索居，在俄国文坛的边缘，默默地从事他那苦役般的写作。他曾被流放西伯利亚，患有癫痫病，最穷的日子里买不起蜡烛。他经常接待某些具有激进的革命情绪的男女青年。他们向他请教拯救俄国的有效途径，同时向他鼓吹他们的"革命思想"。而他正是因为头脑之中曾有与他们相一致的思想才被流放西伯利亚的，并且险些在流放前被枪毙。于是他以过来人的经验劝青年们忍受，热忱地向他们宣传他那种"内部革命"的思想。他相信并且强调，"一个"真正的正直的人的榜样力量是无穷的。他更加热忱地预言，只要这样的"一个"人确乎出现了，千万民众就会首先自己洗心革面地追随其后，于是一个风气洁净美好的新社会就自然而然地形成了。那"一个"人究竟应该是怎样的呢，便是他《白痴》中的梅什金公爵了。一个从精神病院出来的，和他自己一样患有癫痫病的没落贵族后裔。他按照自己的标准，将他用小说为人类树立的榜样塑造成一个单纯如弱智儿，集真善美品质于一身的理想人物。而对于大多数精神被社会严重污染与异化的人，灵魂要达到那么高的高度显然不但是困难的，而且是痛苦的。他在《罪与罚》中成功地揭示了这一种痛苦，并试图指出灵魂自新的方式。他自信地指出了。那方式便是他"灵魂深处爆发革命"的主张。当然，他的"革命"说，不是针对社会的行为，而是每一个人改造自己灵魂的自觉意识……

综上所述，像他这样一位作家，在活着的时候，既受到思想激进者的嘲讽，又引起思想保守者的愤怒是肯定的。因为他的梅什金公爵，分明不是后者所愿承认的什么榜样。他们认为他是在通过梅什金公爵这一文学形象影射他们的愚不可及。而他欣赏他的梅什金公爵又是那么的由衷，那么的真诚，那么的实心实意。

陀氏在他所处的时代是尴尬的，遭受误解最多的。他的众多作品带给他的与其说是荣耀和敬意莫如说是声誉方面的伤痕。

但也有资料显示，在他死后，"俄国的有识之士全都发来了唁电"。那些有识之士是哪些人？资料没有详列。

是因为他死了，"有识之士"们忽然明白，将那么多的误解和嘲讽加在他身上是不仁的，所以全都表示哀悼；还是后来研究他的人，认为与他同时代的"有识之士"们对他的态度是可耻的，企图掩盖历史的真相呢？

我的困惑正在此点。

我是由于少年时感动于他的《白夜》才对他发生兴趣的。到"上山下乡"前，我已读了大部分他的小说的中文译本。以后，便特别留意关于他的评述了。

我知道托尔斯泰说过嫌恶陀氏的话。而陀氏年长他七岁，成名早于他十几年，是他的上一代作家。

高尔基甚至这么评价他："陀思妥耶夫斯基无可争辩，毫无疑问地是天才。但这是我们的一个凶恶的天才。"

车尔尼雪夫斯基更是曾几乎与他势不两立。

苏维埃成立以后，似乎列宁和斯大林都以批判性的话语谈论过他。

于是陀氏在苏联文学史上的地位一再低落。

而相应的现象是，西方世界的文学评论，将他推崇为俄国第一伟大的作家，地位远在屠格涅夫之上。这有西方新兴文学流派推波助澜的作用，也有意识形态冷战的因素。

我不太喜欢他，仅仅是不太喜欢他而已，并不反感他。我的不太喜欢，也完全是独立的欣赏感受，不受任何方面的评价的影响。我觉得陀氏的小说中，不少人物身上都有神经质的倾向。在现实生活中我非常难以忍受神经质的人在我眼前晃来晃去，读同样文学状态的小说我亦会产生心烦意乱的生理反应。我一直承认并相信文学对于人的所谓灵魂有某种影响力，但是企图探讨并诠释灵魂问题的小说却是使我望而生畏的。陀氏的小说中有太浓的宗教意味儿，而且远不如宗教理念那么明朗健康。最后一点，在对一切艺术的接受习惯上，"病态美学"是我至今没法儿亲和的。而陀氏的作品，是我所读过的外国小说中病态迹象呈现得最显著的……

我觉得高尔基评说陀氏是"一个凶恶的天才"，用词太狠了，绝对地不公正。

我认为陀氏是"一个病态的天才"。

首先是天才，其次有些病态。因其病态而使作品每每营造出紧张压抑、阴幻迷离的气氛。而这正是许多别的作家纵然蓄意也难以为之的风格。陀氏的作品凭此风格独树一帜。

但那的确不是我所喜欢的小说的风格。

他常使我联想到凡·高。

凡·高是一个心灵多么单纯的大儿童啊！西方的评论也认为陀氏是一个心灵单纯的大儿童。

我却不这么认为。我觉得恰恰相反。身为作家，也许陀氏的心灵常常处在内容太繁杂太紊乱的状态了。

因为儿童是从来不想人的灵魂问题的。成年人难免总要想想的，但若深入地去想，是极糟糕的事。

凡·高以对光线和色彩特别敏感的眼观察大自然，因而留给我们的是美；陀氏却以对人心特别敏感的、神经质的眼观察罪恶在人心里的起源，因而他难免写出一些使人看了不舒服的东西。

这是作家与画家相比，作家注定了容易遭到误解与攻讦的前提。

除了陀氏的《白夜》，我还喜欢他的《穷人》。我对他这两篇作品的喜欢，和对他某些作品的不喜欢，只怕是难以改变的了……

在二十世纪八十年代以前，对于我这样一个由喜欢看小人书而接触文学的少年，爱弥尔·左拉差不多是一位陌生的法国作家的名字。倒是曾经与他非常友好，后来又化了名在报上攻击他的都德，给我留下极深的记忆。这是因为，都德的短篇《最后一课》，收入过初中一年级的语文课本，也被改编成小人书。而且，在收音机里反复以广播小说的形式播讲过。

在我少年时代的小人书铺里，我没发现过由左拉的小说改编的小人书。肯定是由于左拉的小说不适合改编成小人书供少年们看。

在我是知青的年龄，曾极短暂地拥有过一部左拉的《娜娜》。

那时我已是"兵团"的文学创作员，每年有一次机会到"兵团"总司令部佳木斯市去接受培训。我的表哥居佳木斯市，我自然会利用每次接受培训的机会去看他。有次他不在家，我几乎将他珍藏的外国小说"洗劫"一空，塞了满满一大手提包带回了我所在的一团宣传股，其中就包括左拉的《娜娜》。手提包里的外国小说其实我都看过，唯《娜娜》闻所未闻。我几次想从提包里翻出来在列车上看，但是不敢。因为当年，一名青年在列车上看一部外国小说已有那么几分冒天下之大不韪。倘书名还是《娜娜》这么容易使人产生猜想的外国小说，很可能会引起"革命"目光的关注。我认识的几名知青曾在探家所乘的列车上传看过《黑面包干》这么一部苏联小说，受到周围"革命"乘客的批评而不以为然，结果"革命"乘客们找来了列车长和乘警。列车长和乘警以"有义务爱护青年们的思想"为由收缴《黑面包干》。那几名知青据理力争，振振有词，说《黑面包干》怀着敬爱之情在小说中写到列宁，是一部好小说。对方说，有些书表面看起来是好的，却在字里行间贩卖修正主义的观点。于是强行收缴了去，使那几名知青一路被周围乘客以看待"问题青年"的眼光备受关注，言行极不自在……

他们的教训告诉我，还是在列车上不看《娜娜》为好。

而这就使我失去了一次当年领略左拉小说的机会。因为，我回到一团团部，将手提包放在宣传股的桌上，去上厕所的当儿，书已被瓜分一空，急赤白脸地要都没人还回一本。《娜娜》自然也不翼而飞。

在复旦大学中文系的内部阅览室，我借阅过左拉的《小酒店》。序言评价那部小说"无情地揭露了资本主义社会制度"。它写的是一名工人和他的妻子从精神到肉体堕落及毁灭的过程。我觉得左拉式的现实主义"真实"得使人周身发冷，使人绝望——对社会制度作用下的底层人群的集体命运感到绝望。在《小酒店》中，底层人物的形象粗俗、卑贱，几乎完全丧失人的自尊意识，并且似乎从来也没感到过对它的需要。他们和她们生存在潮湿、肮脏，到处充满着污秽气味和犯罪企图的环境里，就像狄更斯《雾都孤儿》里那些被上帝抛弃了的、破衣烂衫的、早晨一睁开双眼便开始寻思到哪儿去偷点儿什么东西的孩子。我们在读《雾都孤儿》时，内心会情不自禁地涌起一阵阵同情。

但是在《小酒店》里，我们的同情被左拉那支笔戳得千疮百孔。因为儿童还拥有将来，留给我们为他们命运的改变做祈祷和想象的前提。而《小酒店》里的成年男女已没有将来。他们的将来被社会也被他们自己扔在劣质酒缸里泡尽了生命的血色……

我是自少年起读另一类现实主义小说长大的。它们被冠以"革命现实主义"。在"革命现实主义"小说里，底层人物的命运虽然穷困无助甚或凄惨，但至少还有一种有希望的东西——那就是赖以自尊和改变命运的品质资本。还有他们和她们那一种往往被描写得美好而又始终不渝，令人羡慕的经得起破坏的爱情。这两种"革命现实主义"小说几乎必不可少的因素，在左拉的批判现实主义小说里是少见的。与许多批判现实主义小说尤其不同的是，左拉的批判现实主义小说的笔触极冷，使人联想到"零度感情"状态之下那一种写作……

我后来对于法国历史有了一点了解，开始承认左拉自称"自然主义"的那一种现实主义，可能更真实地逼近着他所处的法国的时代现实的某一面。

而我曾扪心自问，我对左拉式的现实主义保持阅读距离，当然不是左拉的错，而是由于我自己即使作为读者，也一直缺少阅读另类现实主义小说的心理准备。进一步说，我这样的一个自诩坚持现实主义的中国作家，也许是不太有勇气目光逼近地面对更真实的现实的。

毕竟，我在我的阅读范围伴随之下的成长，决定了我是一个温和的现实主义作家——与左拉的写作相比较而言。

在对现实主义的理念方面，我更倾向于巴尔扎克。

巴尔扎克对现实的批判态度体现得更睿智一些，因而他将他的系列小说统称为《人间喜剧》。

左拉对现实的批判态度却体现得更"狠"一些……

我在大学里读了左拉的《娜娜》。那部小说讲述富有且地位显赫的男人们，怎么样用金钱深埋一个风尘女子于声色犬马的享乐的泥沼里；而她怎么样游刃有余地利用她的美貌玩弄他们于股掌之间。结局是她患了一种无药可医的病，像一堆腐肉一样烂死在床上。

娜娜式的人生，确切地说是女人的人生，在中国的现今举不胜举，其大多数活得比娜娜幸运。倘我们不对"幸福"二字做太过理想主义的理解，那么也可以认为她们的人生不但是幸福的，而且是时兴的。她们中绝少有人患娜娜那一种病，也绝少有人的命运落得如娜娜那种可怕的下场。她们生病了，一般总是会在宠养她们的男人们的安排之下，享受比高干还周到的医疗待遇。左拉将他笔下的娜娜的命运下场设计得那么丑秽，证明了左拉的现实主义的确是相当"狠"的一种。比死亡还"狠"。

先我读过《娜娜》的同学悄悄而又神秘地告诉我:"那绝对是值得一读的小说,我刚还,你快去借……"

我借到手了。两天内就读完了。

读过哈代的《苔丝》,小仲马的《茶花女》,再读左拉的《娜娜》,只怕是没法儿不失望的。

我想,我的同学说它"绝对是值得一读的",也许另有含义。

《卢贡-马卡尔家族》和《萌芽》才是左拉的代表作。可惜以后我就远离左拉的小说了,至今没读过。

既没读过左拉的代表作,当然对左拉小说的看法也就肯定是不客观的。比如在以上两部小说中,文学研究资料告诉我,左拉对底层人物形象,确切地说是对法国工人的描写,就由"零度感情"而变得极其真诚热烈了。

好在我写到左拉其实并非要对左拉进行评论,而主要是分析我自己对现实主义的矛盾心理和暧昧理念。

我利用过我与之一向保持距离的左拉的名义一次。那就是在连我自己现在也感到羞耻的小说《恐惧》的写作过程中以及出版以后。

我决定写《恐惧》的初衷是由外部生活现实的"刺激"而产生的。某日接近中午,我从童影厂回家,腋下夹些报刊。五月的阳光暖洋洋的。顺着厂门前人行道刚一拐弯，但见五六十米远处，亦即"清水大澡堂"门前有着行状怪异的三个人——一人伏在地上，双手扳着人行道沿；另外两人各自拽他左右腿……

"清水大澡堂"的前身是"土城饭店"。我们童影的宿舍楼邻它仅十米左右。后来"土城饭店"经过一番门面翻修，变成了"金色朝代"——有卡拉OK包间的那一种地方。于是每至夜里十点，小车泊来；拂晓，悄然而去。一天深夜，几乎全楼居民都被枪声惊醒；又一天傍晚，散步的人们都见从"金色朝代"内冲出手持双筒猎枪的壮汉，追赶两名校官，将其中一名用枪托击倒跪于地，而且朝其头上空放了一枪……那一件事发生后，它停业了一段时期，其后变成了"清水大澡堂"……

当我走到距那三人十米远处，才看到地上有血迹。起初我以为只不过是三个喝醉了的男人在胡闹罢了。不由得站住，一时难以判断究竟是怎么回事。而那个伏在地上的人，就朝我扭头求救："兄弟，救我一命，兄弟，救我一命……"其声哀哀，目光绝望。我却呆愣着，不知该怎么救他。那时拽他腿的一个人，就放了他的腿，用皮鞋踩他扳住人行道沿的双手。他手一松，自然就被拖着双腿拖向"清水大澡堂"了……

于是他用不堪入耳的话骂我这见死不救的北京人，并惊恐地喃喃自语着："我完了，我死定了⋯⋯"

他被拖上台阶时，下巴被几级台阶磕出了血。

这时我才从呆愣状况中反应过来。第一个想法是我得跟进去——企图杀人者不至于当着别人的面杀人吧？

我紧走几步，踏上台阶，进了门——顿时一股血腥气扑鼻，满地鲜血，墙上溅的也是血。一个人仰面倒在地上，看去似乎已死；一个人靠墙歪坐，颈上有很长很深的伤口，随着喘气一股一股往外涌血⋯⋯

我又惊呆，生平第一次目睹这种现场，心咚咚跳，壮着胆子喝道："不许杀人，杀人要偿命！"

两个穿黑皮夹克的人中的一个，瞪着我，将一只手探到了怀里⋯⋯

而那个被拖进来的人却说："他俩都有枪⋯⋯"

我不知他为什么说这句话，但结果是我退出了门。我想我得报警。但那就只能回厂。我跑回厂里，让一名警卫战士报警，让两名警卫战士跟我去制止杀人。他们不很情愿地跟我匆匆走着。忽然我心冷静——那个断了两条腿的外地男人，就肯定是好人吗？两名警卫战士还太年轻，且是农村孩子。万一他们遭到什么不测，我将如何向他们的父母交代？于是我又命他们回厂去。他们反倒为我的安危担心起来，偏跟着我了，最后我还是生气地将他们赶了回去……

当我再来到"清水大澡堂"台阶前，那两个穿黑皮夹克的男人恰从门内出来，自我面前踏下台阶，扬长而去。

我想到那个双腿断了的外地男人，推开门看时，见他居然没被弄死。

他说："幸亏你刚才跟进来了，他们慌了，只顾到二楼去拿钱，才留下我一命……我们是被绑架的，他们是被雇的杀手。"

我也不知他说的"我们"，是否即指那一死一伤二人。

此时门外才出现人。

真正报上了案的是我们童影厂的老厂长于蓝同志……

那一天以后，我觉得，某些原本离我很远的事，其实渐渐地离我很近了。"恐惧"二字，于是总在头脑中盘桓，挥之而不能去。与另外一些积淀心间的人事相融合，遂产生了写一部小说的冲动。

起初我想将"清水大澡堂"当成中国二十世纪九十年代的《小酒店》来写。其中形形色色的人物当然不是底层的人们，底层的人们不去那样的地方"洗澡"。

在写前，我想到了左拉那句名言："无情地揭示社会丑恶的溃疡。"

左拉那句话当时确乎唤起了我的一种作家责任感。我发誓我也要"揭示"得"狠"一点儿。

但进入写作状态不久，我的勇气便自行地渐渐减少了。那时我受到一些恐吓威胁，其文字意味和话语中的杀机，完全是黑社会那一套。我想我的写作不能再图痛快而给我自己和家庭带来不安全的阴影了。结果《恐惧》就改变了初衷，放弃了实践一次左拉那种现实主义的打算。

一种打算放弃了，另一种打算却渗入了头脑。

那就是对印数的追求。进一步明确地说，是对稿费收获的追求。

当时我因自己的种种个人义务和责任，迫切地需要一笔为数不少的钱。

第二种打算一旦渗入头脑，写作的冲动和过程就变质了。所谓"媚俗"成为不可避免之事。

我在左拉式的批判现实主义与媚俗以迎合市场的打算之间挣扎，却几乎不可救药地越来越滑向后一方面。

那一时期我不失时机地谈左拉"无情地揭示社会丑恶的溃疡"的主张，实则是在替自己写作目的之卑下进行预先的辩护。

《恐惧》出版以后，我常被当众诘问写作动机。于是我只有侃侃地大谈我并不太喜欢的左拉和他的小说。我祭起左拉的文学主张当作自己的盾。虽振振有词，但自己最清楚自己内心里是多么的虚弱。

有一次我又进行很令我头疼的签名售书。有两名中学女生买了《恐惧》。我扣下了她们买的书，让售书员找来了我的另两本书代替之。

那一件事后，《恐惧》真的成了我"心口的痛"。尽管它给我带来了比我任何一部书都多的稿酬。

我一直暗自发誓要重写它，但一直苦于没有精力。不过这一件事我肯定是要做的。

我之利用左拉分明是很卑劣的。我以后的写作实践中再也不会出现那样的"失足"了。

由此我常想另一个问题——那就是一部好书的标准究竟是什么。

对于这样的问题肯定有各种各样的回答。而且，肯定有争议。

但我更希望自己写的书，初中的男孩子女孩子也都是可以看的。家长们不会因他们或她们看我的书而斥责："怎么看这样的书！"——我自己也不会因而有所不安。

我认为《红与黑》《红字》《简·爱》《复活》《安娜·卡列尼娜》《茶花女》《苔丝》《巴黎圣母院》《红楼梦》《聊斋志异》等等都是初中的男孩子女孩子皆可看的书。只要不影响学业，家长们若加以斥责，老师们若反对，那便是家长和老师们的褊狭了。

至于另外一些书，虽然一向也有极高的定评，比如《金瓶梅》或类似的书，我想，我还是不必去实践着写吧。

写了二十余年，我渐渐悟到了这么一点——文学的某些古典主义的原理，在现代还远远未被证明已完全过时。也许正是那些原理，维系着人与文学类的书的古老亲情。使人读文学类的书的时光，成为美好的时光；也使人对文学类的书的接受心理，能处在一种优雅的状态。

我想我要从古典主义的原理中，再多发现和取来一些对我有益的东西，而根本不考虑自己是否会迅速落伍……

最后我想说，我特别特别钦佩左拉在"德雷福斯"案件中的勇敢立场。他为他的立场付出了全部积蓄，再度一贫如洗，同时牺牲了健康、名誉。还被判了刑，失去了朋友，成了整个法兰西的"敌人"，并且被逐出国。

然而他竟没有屈服。

十二年以后他的立场才被证明是正确的。

我认为那件事是左拉人生的"绝唱"。

是的，我特别特别钦佩他这一点。

因为，即使在我是血气方刚的青年时都没勇气像左拉那样；现在，则更没勇气了……

劳伦斯这位英国作家是从二十世纪八十年代中期才渐入我头脑的。那当然是由于他的《查泰莱夫人的情人》中译本的出版。

新中国成立后到"文革"前，那部书不可能有中译本。这是无须赘言的——但新中国成立前有。

一九七四至一九七七年间，我在复旦大学中文系的"内部图书阅览室"也没发现过那一部书和劳氏的别的书。因而，《查泰莱夫人的情人》中译本出版前，我惭愧地承认，对我这个自认为已读过了不少外国小说的"共和国的同龄人"，劳伦斯是一个完全陌生的名字。

读过《查泰莱夫人的情人》的中译本以后，我看到了同名的电影的录像。并且，自己拥有了一盘翻录的。书在当年出版不久便遭禁，虽已是改革开放年代，虽我属电影从业人员，但看那样一盘录像，似乎也还是有点儿犯忌。知道我有那样一盘录像的人，曾三四五人神秘兮兮地要求到我家去"艺术观摩"。而我几乎每次都将他们反锁在家里。

好多家出版社当年出版了那一部小说。

不同的出版说明和不同的序，皆将那一部小说推崇为"杰作"，皆称劳氏为"天才"的或"鼎鼎大名"的小说家。

同时将"大胆的""赤裸裸的""惊世骇俗"的性爱描写"提示"给读者。当然，也必谈到英国政府禁了它将近四十年。

我读那一部小说没有被性描写的内容"震撼"。

因为我那时已读过《金瓶梅》，还在北影文学部的资料室读到过几册明清年代的艳情小说。《金瓶梅》的"赤裸裸"性爱描写自不必说。明清年代那些所谓艳情小说中的性爱描写，比《金瓶梅》有过之而无不及。在中国各朝各代非"主流"文学中，那类小说俯拾皆是。当然，除了"大胆的""赤裸裸的"性爱描写这一共同点，那些东西是不能与《查泰莱夫人的情人》相提并论的。

有比较才有鉴别。

读后比较的结果是——使劳氏鼎鼎大名的他的那一部小说，在性爱描写方面，反而显得挺含蓄，挺文雅，甚而显得有几分羞涩。总之我认为，劳氏毕竟还是在以相当文学化的态度在他那部小说中描写性爱的。我进一步认为，毫不含蓄地描写性爱的小说，在很久以前的中国，倒可能是世界上最多的。那些东西几乎无任何文学性可言。

我非卫道士。

但是我一向认为，一部小说或别的什么书，主要以"大胆的""赤裸裸的"性爱描写而闻名，其价值总是打了折扣的。不管由此点引起多么大的议论和风波，终究不太能直接证明其文学的意义。

故我难免会按照我这一代人读小说的很传统的习惯，咀嚼《查泰莱夫人的情人》的思想内容。

我认为它是一部具有无可争议的思想内容的小说。

那思想内容一言以蔽之就是——对英国贵族人士表示了令他们难以沉默的轻蔑。因为劳氏描写了他们的性无能，以及企图遮掩自己性无能真相的虚伪。当然，也就弘扬了享受性爱的正当权利。

我想，这才是它在英国遭禁的根本缘由。

因为贵族精神是英国之国家精神的一方面，贵族形象是英国民族形象历来引以为豪的一方面。

在此点上，劳氏的那一部书，似又可列为投枪与匕首式的批判小说。

但英国是小说王国之一。

英国的大师级小说家几个世纪以来层出不穷，一位位彪炳文学史。名著之多也是举世公认的。与他们的作品相比，劳氏的小说实在没什么独特的艺术造诣。就论对贵族人士及阶层生活形态的批判吧，劳氏的小说也不比那些大师的作品更深刻更有力度。

使劳氏获得鼎鼎大名的，分明不是他的小说所达到的艺术高度，而是他的《查泰莱夫人的情人》当时及以后所造成的新闻。

我想，也许我错了，于是借来了他的《儿子与情人》认真地看了一遍。

我没从他的后一部小说看出优秀来。

由劳氏我想到了两点：第一点，我们每一个人作为读者，是多么容易受到宣传和炒作的影响啊。正如触目皆是的广告对我们每一个人的消费意识必定产生影响一样。这其实不应感到害羞，也谈不上是什么弱点。但如果不能从人云亦云中摆脱出来，那则有点儿可悲了。第二点，我敢断言，中外一切主要因对性的描写程度"不当"而遭禁的书，那禁令都必然是一时的，有朝一日的解禁都是注定了的。虽遭禁未必是作者的什么耻辱，但解禁也同样未必便是一部书的荣耀。

人类文明到今天，对性事的禁忌观念已解放得够彻底，评判一部小说的价值，当高出于论性的是是非非。倘在性以外的内容所留的评判空间庸常，那么"大胆"也不过便是"大胆"，"赤裸裸"也不过便是"赤裸裸"……

我这一种极端个人化的读后杂感，仅作一厢情愿的自言自语式的记录而已，不想与谁争辩。

随提一笔，根据《查泰莱夫人的情人》改编的电影，抹淡了原著对英国贵族人士的轻蔑，裸爱镜头不少，但拍得并不淫秽。尽管算不上一部多么好的电影，却还是可归于文艺片之列的。

我也基本上同意这样的评论：就劳伦斯本人而言，他对性爱描写的态度，显然是诚实的、有激情的和健康的。

我不太喜欢他和他的小说，纯粹由于艺术性方面的阅读感觉。

现在，我要回过头来再谈我自己写作实践中的得失。

首先我要提的是《一个红卫兵的自白》。这一本书，对于在"文革"中刚刚出生和"文革"以后出生的很年轻的一代，比较感性地认识"文革"，有一点点解惑的意义。写作的动机正在于此。但也就是一点点的解惑意义而已。因我所经历的"文革"，其具体背景，只不过是一座城市一个省份。而且，只不过是以一名普通中学生的见闻、思想和行为来经历的，自身认识的局限是显然的。虽然"大串联"使我能够写入书中的内容丰富了些，却仍只不过是见闻和一己感受而已。

我再想说的是，也许，此书曾给中国的"新时期"文学，亦即粉碎"四人帮"以后的文学，带了一个很坏的头。

它是当年第一部写"文革"中的红卫兵心路的长篇小说。

按我的初衷，自然是作为小说来写的。本身曾是红卫兵，自然以第一人称来写。既以第一人称来写，也索性便将自己的真实姓名写入书中了。

刊物的编辑收到稿件后来电话说：这部小说很怪呀，你看专辟一个栏目，将它定为"纪实小说"行不行？

我说：行呀。有什么不行呢？

那大约是一九八五年。我被社会承认是作家才三年多。对于小说以外的文学名堂还所知甚少，也是第一次听到"纪实小说"这一提法。

它当年只发表了一半，另一半刊物不敢发表了。

似乎正是从此以后，"纪实小说"很流行了一阵子。接二连三，在文学界招惹了不少是是非非，连我自己也曾受此文学谬种的严重伤害。

因为"纪实"而又"小说"的结果是明摆着的——利用小说形式影射攻击的事例，古今中外，举不胜举。此本伤人阴技，倘再冠以"纪实"，被攻击的人哪有不"体无完肤"的呢？若被文痞们驾轻就熟地惯用之，喷泄私愤，则好人遭殃。

故我对"纪实小说"这一文学种类已无好感。

《从复旦到北影》及《京华见闻录》两篇，继《一个红卫兵的自白》之后不久发表。

在复旦我既获得过老师们的关怀爱护，也受到过一些委屈。那些委屈今天看来是微不足道的，与上一代人的人生磨砺相比更是不值言说的。但我当年才二十五六岁，心理承受能力毕竟脆弱。自以为承受能力强大，其实是脆弱的。何况，从童年至少年至青年，虽然成长于贫穷之境，却一向不乏友爱，难免娇气。又一向被视为好儿童好少年好青年，当知青班长代理排长连队教师，在人格方面特别地自尊。偏那委屈又是冲着人格方面压迫来的，于是耿耿于怀，不吐不快。

故《从复旦到北影》中，有怨愤之气，牢骚之词，也有借题发挥、情节演绎的成分。

它写于十五六年前，证明当年的我，对自己笔下的文字责任感意识不强，要求不高。

倘如今写，淡化心头委屈积怨，平和宽厚地回望当年人事纷纭，着重情理梳析，摈弃演绎和借题发挥，娓娓道来，于山雨穴风的政治背景下，翔实客观地反映"工农兵学员"的大学体会和感受，必将是另一面貌，也会有更大的认知价值。

那多好呢！

《京华见闻录》中所录的纪实成分多了，演绎成分少了。就我这样一个具体的中国人的观念而言，就我这样一个当年被视为有"异端思想"的作家而言，却又"正统"多了些，思想拘泥呆板了些。文字的放纵，是弥补不了这一点的。

当年我才三十四五岁，刚入中国作家协会一年多。自以为对人颇宽，责己颇严，其实今天文坛上某些年轻人的轻狂浅薄，刚愎自用，躁行戾气，我身上都是存在过的。

以上两篇，虽能从中看到我的一些真实经历，真实性情，真实心路，真实思想；虽能从中看到一些当年的时代特色，社会状态，人生世相；虽读起来或挺有意思——但毕竟，因先天不足，乏大气而呈小气，乏冷静而显浮躁，乏庄重而露轻佻，乏深刻而见浅薄……

《泯灭》这一部小说，现在看来，前半部较后半部要写得好一点。因为前半部有着自己童年和少年时期的生活为底蕴，可取从容平实、娓娓道来的写法。虽然平实，但情节、细节都是很个人化的，便有独特性，非别人的作品里所司空见惯的。后半部转入了虚构。虚构当然乃是小说家必备的能力，也是起码的能力。但此小说的后半部，实际上是按一个先行的既定的"主题"轨路虚构下去的——对金钱的贪婪使人性扭曲，使人生虽有沉浮荣辱，最终却依然归于毁败。这样的人物，以及由其身上生发出来的这样的主题，当然并没什么不对。翟子卿式的人物在二十世纪八十年代以后的中国现实生活中也并不少，有些典型意义。但此"主题"却太古老陈旧了。近几个世纪以来，尤其西方资本主义时期以来，无数作品都反映过这个"主题"。可以说，八十年代以来的第一桩中国经济案中，也都通过真人真事包含了这个主题。在现实主义小说中，主题对作品有魂的意义。泛化的主题尽管不失为主题，却必然决定了作品灵魂方面的肤浅凡庸。

在我的友情关系和亲情关系中，很有一些和我一样的底层人家的儿子，中年命达，或为官掌权，或从商暴富。但近十年间，却接二连三地纷纷变成为阶下囚，往日的踌躇满志化作南柯一梦。他们所犯之案，或省级大要案，或列入全国大要案。这使我特别痛心，也每叹息不已。由于友情和亲情毕竟存在过，在立场上就难以做到特别鲜明。这一种沉郁暧昧的心理，需要以一种方式去消解。而写一部小说消解之对我来说是自然而然的方式。直奔一个肤浅常见的主题而去，又成了最快捷的方式——我在写作中竟未能从这种心理因素的纠缠中明智而自觉地摆脱，全受心理因素的惯力所推，小说便未能在"主题"方面再深掘一层，此一大遗憾。

喜读引我走上了写的不归人生路。

然读之于我，在绝大多数情况之下并不是为了促进写。读只不过是少年时养成的习惯。是美好时光的享受而已。

我的读又是那么的不系统。索性，也便不求系统了。

我从读中确乎受益匪浅。书对我的影响，少年时大于青年时，青年时大于现在。现在我对社会及人生已形成了自己的看法，不是读几本什么书所能匡正或改变的。

尽管如此，以后我不写了，仍会是一个习惯于闲读的人。

读带给我的一种清醒乃是——明白自己写得多么平庸……

解剖我的心灵

　　其实，依我想来，我们每一个人，都有若干机会，或曰若干时期，证明自己是一个心灵方面、人格方面的导师和教育家。区别在于，好的，不好的，甚而坏的，邪恶的。

　　我相信有人立刻就能领会我的意思，并赞同我的看法。会进一步指出，完全是这样的——不过是在我们成为父亲或母亲之后。

　　这很好。但这非是我的主要的意思。

　　我的人生经验和教训告诉我——也许这世界上根本没有谁能够对我们施以终生的影响。根本没有谁能够对我们负起长久的责任。连对我们最具责任感的父母都不能够。正如我们做了父母，对自己的儿女也不能够一样，倘说确曾存在过能够对我们的心灵品质和人格品质的形成施以终生影响负起长久责任的某先生和某女士，那么他或她绝不会是别人。肯定的，乃是我们自己。

我们在我们是儿童的时候就已经开始教育我们自己了。

我们在我们是少年的时候，就已经开始怀疑甚至强烈排斥大人们对我们的教育了。处在那么一种年龄的我们自己，已经开始习惯于说"不，我认为……"了。我们正是从开始第一次这么说、这么想那一天起，自觉不自觉地进入了导师和教育家的角色。于是我们收下了我们"教育生涯"的第一个学生——我们自己。于是我们"师道尊严"起来，朝"绝对服从"这一方面培养我们的本能。于是我们更加防范别人，有时几乎是一切人，包括我们所敬爱的人们对我们的影响。如同一位导师不能容忍另一位导师对自己最心爱的弟子耳提面命一样……

我们在这样的心理过程中成为了青年。这时我们对自己的"高等教育"已经临近结业。我们已经太像我们按照我们自己确定的"教育大纲"和自己编写的"教材"所预期的那一个男人或女人了。当然，我指的是心灵方面和人格方面。

四十多岁的我，看我自己和我周围人们的童年、少年和青年时期，仿佛翻阅了一册册"品行记录"。其上所载全是我们自己对自己的评语和希望。我的小学同学、中学同学、兵团知青战友，无论今天在社会地位坐标上显示出是怎样的人，其在心灵和人格方面的基本倾向，几乎全都一如当年。如果改变恐怕只有到了老年，因为老年时期是人的二番童年的重新开始。在这一点上，"返老还童"有普遍的意义。老年人，也许只有老年人，在临近生命终点的阶段，积一生几十年之反省的力量，才可能彻底否定自己对自己教育的失误。而中年人往往不能。中年人之大多数，几乎都可悲地执迷于早期自我教育的"原则"中东突西撞，无可奈其何。

童年的我曾是一个口吃得非常厉害的孩子，往往一句话说不出来，"啊啊呀呀"半天，憋红了脸还是说不出来。我常想我长大了可不能这样。父母为我犯愁却不知怎么办才好。我决定自己"拯救"自己。这是一个漫长的"计划"。基本实现这一"计划"，我用了三十余年的时间。

少年时的我曾是一个爱撒谎的孩子，总企图靠谎话推掉我对某件错事的责任。

青年时期的我曾受过种种虚荣的不可抗拒的诱惑，而且嫉妒之心十分强烈。我常常竭力将虚荣心和嫉妒心成功地掩饰起来。每每的，也确实掩饰得很成功，但这成功却是拿虚伪换来的。

幸亏上帝在我的天性中赋予了一种细敏的羞耻感。靠了这一种羞耻感我才能够常常嫌恶自己。而我自己对自己的劣点的嫌恶，则从心灵的人格方面"拯救"了我自己。否则，我无法想象——一个少年时爱撒谎，青年时虚荣、嫉妒且虚伪的人，四十多岁的时候会成为一个怎样的男人？

　　所以，我对"自己教育自己"这句话深有领悟。它是我的人生信条之一。最主要的也是最重要的、首位的人生信条。

　　我想，"自己教育自己"，体现着人对自己的最大爱心，对自己的最高责任感。在这一点上，我们不能指望别人对我们比我们自己对自己更有义务。一个连这一种义务都丧失了的人，那么，便首先是一个连自己都不爱的人了。一个连自己都不爱的人，那么，他或她对异性的爱，其质量都肯定是低劣的。

　　我想，我们每个人生来都被赋予了一根具有威严性的"教鞭"。它是我们人类天性之中的羞耻感。它使我们区别于一切兽类和禽类。我们唯有靠了它才能够有效地对自己实施心灵和人格方面的教育。通常我们将它寄放在叫作"社会文明环境"的匣子里。它是有可能消退也有可能常新的一种奇异的东西。我们久不用它，它就消退了。我们常用它指斥自己的心灵，它便是常新的。每一次我们自己对自己的心灵的指斥，都会使我们的羞耻感变得更加细敏而不至于麻木，都会使它更具有权威性而不至于丧失。它的权威性是摈除我们心灵里假丑恶的最好的工具，如果我们长久地将它寄存在"社会文明环境"这个匣子里不用，那么它过不了多久便会烂掉。因为那"匣子"本身，永远不是纯洁的真空。

我对自己的心灵进行"自我教育"的时间，肯定地将比我用意志校正自己口吃的时间长得多，因为我现在还在这样。但其"成果"，则与我校正自己口吃的"成果"相差甚远。在四十五岁的我的内心里，仍有许多腌腌脏脏的东西及某些丑陋的"寄生虫"。我的人格的另一面，依然是褊狭的，嫉名妒利的，暗求虚荣的，乃至无可奈何地虚伪着的。还有在别人遭到挫败时的卑劣的幸灾乐祸和快感。

有人肯定会认为像我这样活着太累，其实我的体会恰恰相反。内心里多一份真善美，我对自己的满意便增加一层。这带给我的更是愉悦。内心里多一份假丑恶，我对自己的不满意、沮丧、嫌恶乃至厌恶也便增加一层。人连对自己都不满意的时候还能满意谁满意什么？人连对自己都很厌恶的话又哪有什么美好的人生时光可言？

至今我仍是一个活在"好人山"之山脚下的人。仍是一个活在"坏人坑"之坑边上的人。在"山脚下"和"坑边上"两者之间，我手执人的羞耻感这一根"教鞭"，比以往任何时候都更加"师道尊严"地教诲我自己这一个"学生"。我深知我不是在"坑"内而是在"坑"边上，所幸全在于此。因为，从童年到少年到青年到现在，我受过的欺骗、遭到过的算计、陷害和突然袭击，多少次完全可能使我脚跟不稳身子一晃，索性栽入"坏人坑"里，索性坏起来。在兵团、在大学、在京都文坛，有几次陷害和袭击，对我的来势几乎是置于死地的。

可我至今仍活在"好人山"脚下，有时细想想，这真不容易啊！

每个人的心灵都是一处院落。在未来的日子里，有许多人将会教给我们许多谋生的技艺和与人周旋的技巧，但为我们的心灵充当园丁的人，将很少很少。羞耻感这根人借以自己教诲自己的"教鞭"，正大批地消退着，或者腐烂着。

朋友，如果你是爱自己的，如果你和我一样，存在于"山"之脚下和"坑"之边上，那么，执起"教鞭"吧……

名家散文

鲁迅：直面惨淡的人生

胡适：天下没有白费的努力

许地山：爱我于离别之后

叶圣陶：藕与莼菜

茅盾：斗争的生活使你干练

郁达夫：夜行者的哀歌

徐志摩：我有的只是爱

庐隐：我追寻完整的生命

丰子恺：我情愿做老儿童

朱自清：热闹是它们的，我什么也没有

老舍：有朋友的地方就是好地方

冰心：繁星闪烁着

废名：想象的雨不湿人

沈从文：每一只船总要有个码头

梁实秋：烟火百味过生活

林徽因：你是人间的四月天

巴金：灯光是不会灭的

戴望舒：我的心神是在更远的地方

梁遇春：吻着人生的火

张中行：临渊而不羡鱼

萧红：我的血液里没有屈服

季羡林：微苦中实有甜美在

何其芳：紧握着每一个新鲜的早晨

孙犁：人生最好萍水相逢

琦君：粽子里的乡愁

苏青：我茫然剩留在寂寞大地上

林海音：唯有寂寞才自由

汪曾祺：如云如水，水流云在

陆文夫：吃也是一种艺术

宗璞：云在青天

余光中：前尘隔海，古屋不再

王蒙：生活万岁，青春万岁

张晓风：年年岁岁岁岁年年

冯骥才：生活就是创造每一天

肖复兴：聪明是一张漂亮的糖纸

梁晓声：过小百姓的生活

赵丽宏：闪烁在旷野里的微光

王旭烽：等花落下来

叶兆言：万事翻覆如浮云

鲍尔吉·原野：为世上的美准备足够的眼泪